最討厭的哥哥死了

兄の終い

村井理子

ani no shimai

riko murai

被迫出來收屍的
妹妹、前妻，還有女兒，
又恨又哭加上一點笑聲
的五日紀事

盧姿敏——譯

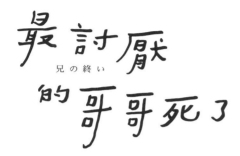

各界推薦

很多時候，認識一個人都是從那個人往生之後開始。看著這本書的時候，讓我想到當接體員那些年，去接回來的各路遊民及無名屍。當警察通知那些人的家屬來的時候，總是必須千拜託萬拜託。因為那些家屬根本不想來，可能也就跟書中的主人翁一樣，是被迫來處理一個可能稱之為「麻煩製造者」的喪事。而更多時候，原諒一個人也是從那個人往生才開始的。畢竟到這個時候，你才能由一些蛛絲馬跡，重新認識這個人。而總總的恩怨，也已經成了雲煙。還活著的人，依舊是繼續過著生活。

——**大師兄**／**《火來了，快跑》作者**

「世界上有後悔藥可以吃嗎？」曾聽一位受刑人這麼說過。後來我常忍不住想：可恨之人有被原諒的可能嗎？

隨著作者理子輕柔的書寫，來到哥哥過世前的租屋，處理遺物、後事，聯繫與哥哥生前有關的人們，過程慢慢蒐集到討厭的哥哥未曾見過的樣貌。原諒，是可能的嗎？相信每一個看完這本書的人，心底都會浮起屬於自己踏實的答案。

——**朱剛勇**／**人生百味共同創辦人**

穿過事情表象，往裡頭走去，看見事情的實相，有時需要勇氣，有時更需要緣分與運氣。這本小品讓我不禁開始反思，我真的有（我自以為地）那麼了解我身邊的親人、朋友嗎？或許，心中開始出現這樣的疑問與自省，便意味著我們正往看見實相之路，慢慢跨出了第一步吧！願有緣讀到本書的每一位讀者，我們都能好好把握此生與自己有所連結的每一段情誼，替彼此在心中留下真實的記憶。

——**蘇益賢**／**臨床心理師**

目 錄

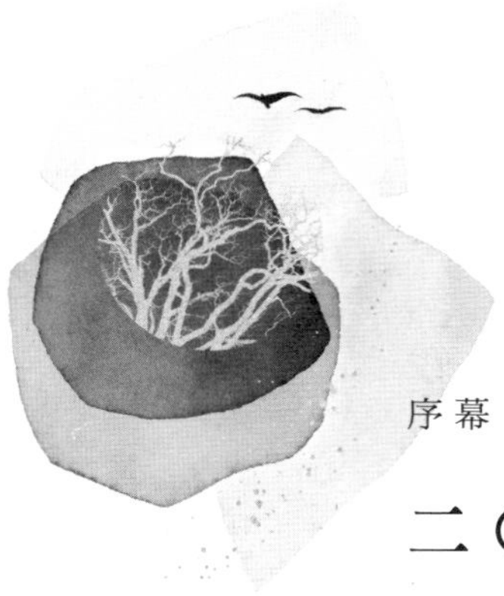

序幕

二〇一九年
十月三十日
星期三

「不好意思，這麼晚了還來打擾，請問這是村井小姐的手機嗎？」

電話那邊傳來一個完全沒有聽過的年輕聲音，我一邊困惑著一邊回答：「是的。」接著我聽到對方清嗓子及調整呼吸的聲音，然後用緩慢的語調輕輕地說：「我是宮城縣鹽釜警察署刑事一課，敝姓山下。是這樣的，今天下午在多賀城發現令兄的屍體，請問方便現在跟您談一下嗎？」

才剛把手上的工作結束，正想說差不多要上床睡覺。

平常幾乎不響的iPhone這時突然鈴鈴地響起，有人打電話來！這支很少人知道號碼的手機竟在接近半夜的十一點多響了起來，來電區域號碼顯示是０２２開頭。

022？完全不記得有認識這個區域號碼的人，這個時間打來，可能是有什麼重要的事情吧?!雖然知道所有的家人都在，但我還是下意識地環顧屋內，確認看到每一個人才放下心來，至少對我來說應該不會有什麼更壞的消息才對。

察覺到手機鈴響的老公關了正在收看的電視，感覺到不太對勁的兒子們，視線離開手上的iPad，一直盯著我這邊看。家裡的小狗被兒子們拉住而抬著脖子，狗鼻子一直在抽動著。

「是今天發生的事嗎？」

「是的，今天下午五點左右在家裡被發現，我們推斷死亡時間應該是在下午四點左右。第一個發現屍體的人是與他同住，念小學的兒子。」

根據鹽釜警察署山下警察的說法是，我哥今天被發現陳屍在多賀城的公寓房間裡面，是我那念小學的姪子發現的。下午三點左右，姪子從學校放學回家時並沒有任何異狀，他放下書包出門到同學家玩耍，下午五點回到家就看到他爸爸倒臥在房間的榻榻米上，據說發現當時已經沒有氣息。死亡年齡五十四歲。

「他兒子叫了救護車，也聯絡學校的級任導師，在警察趕到現場之前老師都陪著小孩。因為多賀城只有派出所的關係，令兄的遺體目前是被安置在鹽釜警察署。

「因為令兄是在醫院以外的地方去世，所以我們必須調查是否有牽連到犯罪事件，目前已經交由法醫來處理。」（作者注：在醫院以外的地方發生原因不明的死亡案件時，會交由法醫進行死因、死亡時間等等的綜合性研判。）

「死亡原因有可能是腦溢血。我們有檢查過他的用藥手冊，似乎有幾種慢性病纏身，也有服用糖尿病、心臟病及高血壓藥物的紀錄。

「所以……我知道您住得比較遠，可能不是那麼方便，不過還是要麻煩您到鹽釜警察署來一趟認領遺體。請問您手上有便條紙嗎？」

才剛說完，山下就開始把電話號碼一個個唸給我聽，包括哥哥租屋的房東、不動產管理公司、姪子就讀的小學、還有姪子的媽媽，也就是哥哥的前妻加奈子等等。

一時之間我有點茫然，從我住的關西地區搭車到東北到底需要多久的時間啊？對於突然間被提起的鹽釜這個地名，我實在沒什麼概念，好像是在宮城縣的樣子?!欸，剛剛山下警察說的該不會是釜石吧？而且這個周末連續兩天已經安排在大阪的書店舉辦談話活動，即使明天一大早從居住的滋賀出發，也必須在兩天後的星期五趕回關西，到鹽釜認領屍體、辦理火葬事宜、又必須到附近的多賀城辦理公寓退租，這樣繁瑣的事情，兩天應該很難處理完畢才對。

雖然腦袋很混亂，但還是努力想跟山下警察說明狀況。

「這個周末我有無法推掉的重要工作，實在是沒辦法馬上出發。」說著這些話的同時自己也覺得怪怪的，親哥死了，竟然推託有工作不能馬上去處理！但在當下我是覺得人都已經死了，再怎麼急也不能挽回什麼，而且真的無濟於事。

這時，電話那端的山下警察出了聲：「這是突發事件，您的困擾我可以理解。那請問最快何時可以來鹽釜一趟呢？」

先在腦海中快速確認自己的行程，孩子們上補習班的時間、稿子的截稿日期、該做的家事和寵物照顧，還有最重要的出版社談話活動。

「最快是下星期二，下個月的五號。」

「那我會把遺體留置在鹽釜警察署直到五號。由於令兄是在家裡去世，所以要請醫生準備一份屍體檢驗報告書，這是辦理戶籍除戶或是申請火葬時的必要文件。文件準備費用大約是日幣五萬到二十萬之間，價格會因不同醫師開價而有差別，不管如何，這是交付遺體必須支付的費用，我覺得您可以準備多一點現金。」

雖然我是第一次聽到屍體檢驗報告書這個名詞，但開立文件的費用竟然因醫師不同而有這麼大的價差，未免太讓人吃驚了。儘管腦袋還在混亂當中，但我已經開始盤算如何籌錢，同時發現自己正陷入焦慮和不安，看起來我必須在很短時間內籌出一筆數目不小的錢。

「那麼，我就在鹽釜警察署等您來。」感覺對方好像快要掛掉電話，我慌忙問了山下警察。

「我哥哥的小孩，目前情況怎樣？」

「小孩目前被安置在兒童保護中心，明天他們應該也會跟您聯絡，到時再麻煩您了。」這時，山下警察好像突然間想起什麼事情似的問我：「啊，您有認識這裡的殯葬業者嗎？」

DAY ONE

宮城縣鹽釜市
鹽釜警察署

你只有這個哥哥，不是嗎？

在離家最近的車站搭上前往京都的第一班火車，我開始回顧這幾天發生的事，腦袋裡縈繞著鹽釜警察署山下所說的「今天下午在多賀城發現令兄的屍體」，典型的東北口音一直揮之不去地在我耳邊迴盪。

我突然間想起山下警察特別吩咐，領屍體時一定要提交的文件。

「屍體檢驗報告書應該可以透過殯葬業者事先墊款取得，可以先去確認一下。大老遠跑這一趟盡量不要浪費時間，我這邊也會先把必要文件都準備好，讓您可以在最短時間內領出遺體。」說著說著，山下警察就給我兩家熟悉警方認領屍體作業程序的殯葬業者電話號碼。看起來鹽釜警察署想要盡快把屍體交付給我，不過領到屍體之後接下來要怎麼辦？

光是自己一個人要到鹽釜就已經是高難度的事情了，突然間把哥哥的遺體交給我，那接下來是要怎樣？我哥哥是身高一百八十公分的大個子，這麼大的一個男人而且還是一具屍體，到底要怎麼運啊？馬上去殯儀館辦告別式嗎？告別式！欸，那我是喪主?!

還記得山下警察在電話中以抱歉的口吻提到：「接下來遺體狀況應該會越來越惡化，到時有可能會無法看到令兄的最後一面，這個部分要麻煩您諒解。」

拜託，請饒了我吧，遺體不只是大個子還加上狀態不好！

掛掉山下警察的電話，我心裡真的有點驚慌。那些老叩叩親戚的臉一一浮上心頭，讓我忍不住想笑，到底會有誰特地跑到鹽釜參加哥哥的告別式呢？爸爸已經死了三十年，我跟東京附近的親戚幾乎沒有往來，媽媽在五年前過世後，我跟母方親戚也沒有繼續聯絡。

哥哥住的公寓目前到底是什麼狀況？山下警察說警方已經入內檢查，房東和物業管理公司的人也趕了過去，兒保中心的人和學校老師好像也都陪著姪子進去收拾行李。我哥哥臨終時的狀況、目前房子到底是什麼樣子？這些事我完全掌握不到細節，唯一知道的是「屋內很髒亂」，但從山下警察的口氣感覺到他不想在電話裡多談。

總之，暫定計畫就是這樣，先到鹽釜警察署領取屍體，然後直接送到殯儀館火化，所以要趕快訂製一個可以把哥哥裝進去的棺木。接著想辦法把哥哥公寓裡面的東西全部清空，這件事就委託給專門業者一次處理完畢。

看著剛才山下警察告知，上面記載著殯葬業者聯絡方式的便條紙，我設法在一團混亂當中理出頭序。火葬相關的事情最優先，要趕快處理，接下來就到時候看情況再想辦法。想到這裡，我慢慢定下心來，對著一直站在我旁邊等著知道發生什麼事的先生說：「我哥哥死了！」

才剛說完他就露出不可置信的表情，畢竟我先生和哥哥的年齡只差一歲而已。兒子們發出困惑又驚訝的聲音：

「咦！我們的舅舅？」

「我覺得這一天遲早會來，只是比我預期的還早。」

小兒子對於我的冷靜回答非常吃驚，把眼睛睜得圓圓的：「不會覺得傷心難過嗎？媽媽就只有這個哥哥不是嗎？」

當下我無法對這個問題做出任何回應。

哥哥的前妻．加奈子

隔天早上第一件事就是聯絡山下警察提供的殯葬業者，才跟接電話的女人提到想要火化暫放在鹽釜警察署的遺體，她馬上就把電話轉給另一位男人，感覺這個人很習慣接手這類的委託。

「關於屍體檢驗報告書，您知道是由那位醫生處理的嗎？」

「我聽說是高橋醫院。」

「高橋醫生啊！太好了，他人很不錯。那麼就由敝公司來處理屍體檢驗報告書相關事宜，到時候請您直接到鹽釜警察署，我們會把所有文件準備妥當，也請您保重。」

很快就跟殯葬業者約好五號中午在鹽釜警察署碰面。

接著要聯絡的是哥哥的前妻，也就是發現哥哥遺體的良一姪子的母親，加奈子。我跟她最後一次碰面是在五年前媽媽的喪禮上。

「真不好意思，在這樣的情況下打擾你……」

對於我突然間打來的電話，加奈子還是用老樣子的爽快聲音回答我：「還真的是被打擾到了……」

加奈子比我哥哥小十幾歲，長得漂亮而且腦袋很靈活，跟哥哥在七年前離婚，也就是哥哥從老家搬到宮城縣的那一年。

「那，你知道良一的狀況嗎？」

「只知道一點點而已，聽說狀況還算不錯，只是不太愛講話……嗯……是這樣的，實在是不好意思，我最快能夠出發到鹽釜的時間是五號。」

「我也是有工作在身，雖然很想趕快見到良一，不過如果不跟你一起去的話，應該是見不到他。因為親權是在他爸爸手上，我若想探視兒子，好像規定必須有親戚在場才行。不過不管怎樣，我也要去鹽釜警察署。」

我哥和加奈子兩個人離婚時，加奈子得到比較年長幾個孩子的監護權，年紀最小的良一歸我哥，不過那段時間的離婚協議細節我也不是很清楚。從電話中的聲音可以強烈感覺到加奈子恨不得快點去把良一接回來，我完全可以理解她對孩子的不捨和擔心。

「總之，我從京都搭那天最早班的新幹線去鹽釜，抵達鹽釜警察署大約是接近中午的時候。」

「了解，那你要好好保重喔！」

「對了，有從警察那裡聽到你哥哥臨終時的狀況嗎？」

「沒有講得很詳細……好像是腦溢血。聽說住的地方滿髒亂的。」

「……」

知道加奈子也要去鹽釜警察署，我超開心的。她跟我哥已經離婚，其實沒有必要跟我去認領遺體，但即使是如此，當時的我實在沒有勇氣跟加奈子說：「你直接到殯儀館參加告別式就好。」因為我很希望有什麼人可以跟我一起去認屍。

接下來聯絡到的，是良一目前留置的兒童保護中心的職員河村。查到資料打了電話，我跟接電話的女人說明原委，等了幾分鐘電話被轉到河村手上，感覺是個穩重而且講話很有禮貌的男人。

「謝謝您打電話來。」河村先生接著跟我提到良一目前的情況，雖然情緒已經比較穩定，但一跟他提到爸爸的事情就抿著嘴一句話也不吭。

「喪禮的日期已經決定好了嗎？可以的話，我想帶良一去殯儀館讓他跟爸爸做最後的告別……」

雖然河村這麼說，不過一切還是要看小孩的意願，河村一直強調要由良一自己做決定。透過河村的說明，我才了解到兒保中心對於兒童保護的真正意義。

就算我是握有親權的哥哥的唯一家屬，也無權干涉小孩的行動，更別提隨意跟他見面。良一現在被問起是不是要參加爸爸的喪禮，似乎都一直默不作聲。

「目前我是打算五號下午在鹽釜警察署領完屍體就直接到殯儀館，等細節確定之後會再通知，我姪子暫時就麻煩您照顧了。」掛上電話，想起這個姪子小時候的樣子，不知道現在被教養成怎樣的孩子？

下一個要聯絡的是姑姑（爸爸的妹妹）。在哥哥去世的前幾個月我們才剛聯絡過，其實在那之前已經有多年沒有往來。製造這個機會的人就是哥哥本人。

大約是在夏天快結束時，我收到哥哥傳來的簡訊：「前陣子跟姑姑聯絡，澈底被當空氣！」我猜他應該有開口跟姑姑借錢，所以就回覆說：「她應該是以為你又要來借錢，想躲都來不及了吧！」

哥哥馬上回我新的簡訊：「哈哈哈，沒錯！像我這種人走到那裡都是孤獨寂寞，誰也不想幫我。」

看到這種不知廉恥的訊息，我根本懶得理他，倒是立刻寫了一封電郵給姑姑。「看起來我哥哥又給您添麻煩，真是不好意思。有時候會因工作關係出差到東京，到時再找機會見個面好嗎？」

姑姑立刻回了信：「如果可以見個面的話，我會很開心喲！」

聽到哥哥的死訊，感覺姑姑非常吃驚。

哥哥跟爸爸那邊的親戚比較親，他工作不順頻繁換公司的那段期間，還曾經借住在一直很擔心他的姑姑家裡。在小學教書的姑姑，個性非常開朗而且很會照顧別人，重視禮數、合宜的言行舉止和生活方式，在我們家族裡面算是異數，一看就知道是為人師表的樣子。我從以前就很喜歡這個姑姑，所以當時還滿開心可以跟她聯絡上。

姑姑聽完我的話，哽咽地說：「那我也要去鹽釜，去看這個孩子最後一面。」

東北新幹線隼號

掛掉電話，我立刻著手預訂東北新幹線隼號的座位，把在大宮上車的姑姑的座位安排在我旁邊。

從新幹線車窗外看去，大宮市街比我想像中的大很多。

一如往常，姑姑手腳輕快地朝著我的位子走過來，樣子看起來跟五年前來參加媽媽喪禮時差不多，既年輕又有朝氣，只是多了些醒目的白髮。但讓我更加心頭一驚的是，她竟然穿了黑色的喪服！

本來就應該要這樣穿了，我們就是要把哥哥的遺體領出來火葬才去鹽釜警察署的，領完遺體接下來當然就是去殯儀館啊。

只是我這個喪主，不但很不像話地穿著便服坐在新幹線的位子上，竟然連喪服也忘了帶。放在腿上的小背包，裡面只有溜狗時常穿的運動衫、手套和一本書。實在是太丟臉了，我面紅耳赤地盯著自己的腳，天啊，為了方便行動，我穿的也是休閒鞋，只能說自己實在是太大意了。

這下子完蛋了！不過姑姑似乎沒有注意到我的不自在，一如往常也不瞄一下狀況就大剌剌地舉起一隻手：「好久不見了。」然後一屁股坐到我旁邊的位子。她每次都這樣。

「姑姑，真是不好意思，突然間把您叫出來！」

「不用客氣啦，反正都是親戚嘛！那件事，現在是什麼狀況？」姑姑用她特有的沙啞聲音問我。我覺得那是因為常年對著小學生大聲喊叫造成的，超有穿透性的聲音，讓和我們坐在同一排、靠近走道的上班族男人，有點被嚇到似的忍不住轉頭看著我們。

我一五一十地跟她解釋。

哥哥是在家裡去世的，在十月三十日下午，被念小學的兒子發現然後叫了救護車，小孩目前已經被安置在兒童保護中心。我們這次要先去鹽釜把遺體領出來然後送去火葬，這次也希望能夠想辦法把公寓退掉，接下來應該還有一些不得不做的決定。

聽完這些事，姑姑嘆了一口氣：「真是個傻孩子！你哥哥真的好可憐。」她用右手摸了摸銀框眼鏡，然後顫抖著聲音說：

「他從以前就一直給你找麻煩，只是這個孩子雖然有很多缺點，但沒有人因此討厭他，他從小就是心地好，可以說比誰都善良……」說著說著姑姑掉下了眼淚，開始哽咽起來。

隔壁的上班族似乎被我們的對話吸引，我發現他也在傾聽著。

他是個貼心的孩子

哥哥在得知媽媽得了胰臟癌之後，就立刻決定從老家搬到宮城縣的多賀城，那是七年前的事情了。

這件事讓大家很吃驚，因為哥哥和媽媽一直都住得很近，無論在經濟或是精神上都相互依賴，就像是命運共同體一般。

自從爸爸去世後，媽媽做什麼事都聽哥哥的，譬如哥哥一時興起提議把家裡經營四十年的爵士咖啡店改成酒吧，媽媽二話不說，立刻花大錢進行改裝，然後雇用幾個年輕陪酒小姐。這個一家人長年投入累積許多回憶的地方，也是爸爸最愛的小店，竟然在一瞬間化為烏有，可見這件事對我的衝擊有多大。

酒吧在不久之後就因經營不善而倒閉，但我媽還是繼續對哥哥言聽計從，並以各種理由金援他。哥哥跟加奈子離婚之後，更是變本加厲經常上門跟媽媽要錢，老媽留下來的日記裡寫滿當時的無奈和苦惱。

即使是老媽對他這麼好，在得知媽媽已經來日不多，哥哥竟然決定搬家，讓我覺得他這種行徑其實跟遺棄沒有兩樣。

但媽媽常常說：「你太冷漠了，幸好你哥哥比較貼心。」然後又好像在為他辯護似的補上一句：「都是我不好，以前沒有常常陪在你哥身旁，他因為寂寞而變得比較任性！」

讓哥哥覺得很寂寞這件事，我是很後來才從媽媽口中得知。好像是我小時候身體不好，常常要住醫院，所以當時就把哥哥寄養在親戚家，可能因為受到冷落而變得很孤僻，常常哭鬧不停。

但真的全部都是我的錯嗎？因為我身體不好才讓哥哥變成今天這副德性嗎？我對這件事抱著很大的疑問，所以經常跟媽媽頂嘴。只要碰到這種情況，她最後一定會用一句話來堵住我：「反正你一直都在狀況外！」

不可否認哥哥的個性真的是貼心又溫柔，喜歡小動物和小孩，很容易因為感動而掉淚。只是他常常養各種寵物卻不太花時間照顧，通常小動物不久就死了，掉眼淚只是演戲、用來掩飾的手段而已。我覺得哥哥是個只會說謊的大騙子！個性暴躁，完全不顧別人感受的自私男人。不管媽媽如何袒護他，我心目中的哥哥就是這樣的人。

三十年前父親過世，喪禮結束回到家裡時發生的那件事，讓我澈底看穿他的為人。

在舉辦喪禮時，哥哥對媽媽說：「都是你沒有好好照顧生病的老爸，才會把他害死。」

我那時忍不住反唇相譏：「沒有好好照顧爸爸的人不就是哥哥你自己嗎？在他生病這段時間一次也沒有到過醫院，等到病危時才突然間跑回來，剛剛在走廊跟媽媽要錢，你不就是為了這個才回來的嗎？」

哥哥瞪了我一眼，但在眾多親戚面前什麼也沒說，等到回家之後才發作對我狂罵，口氣與其說是咒罵倒不如說是威脅恐嚇。他的謾罵持續不絕，直到媽媽大哭，我認輸離開為止。

從那天起我再也沒有把他當做哥哥，甚至連形式上的接觸都盡量避免。母親對於我跟哥哥關係惡化束手無策，但最後她還是選邊站，選擇了哥哥，從此以後我們母女關係也疏遠了。

等到哥哥要搬走那一天，聲音聽起來很惶然的媽媽打電話給我，問我要怎麼辦才好？我聽到她的聲音突然間覺得心情低落，這個男人明明知道自己的老母親已經癌末！

「只能讓他去，也沒有別的辦法了不是嗎？」我只能這樣回答。不了解這時打電話來是想叫我幹嘛？要我講些什麼？叫我去阻止他搬走？對不起，我已經不想再跟這個人有任何瓜葛了。

「應該很快就會搬回來吧。」我只回答她這句話就把電話掛斷了。

過了一個星期左右，媽媽又打電話過來，哥哥搬到多賀城要租房子，好像是房東希望他能找到高齡老母之外的其他人，當做房租合約保證人。媽媽死命哀求我當哥哥的保證人。

我被媽媽這個要求氣到發抖，跟她說：「抱歉，這個我沒辦法幫忙。」然後就用力掛斷電話。不久之後就換哥哥打電話過來了。

「拜託，這是我最後的機會，我在多賀城已經找到正式員工的工作。若不是逼不得已我是不會來求你的，請救救小孩和我，求求你！」

「想都別想！」我回他，我對哥哥叫我救救他的小孩這句話非常反感。拿小孩來當藉口，根本就是該下地獄的渣男行徑，哥哥明明知道我沒辦法拒絕他這個藉口才打電話來的。這個男人什麼都清楚明白，但還是用了這個理由來對我施壓。

我一直堅持到最後都沒有讓步。終於死心的哥哥最後像是想起什麼事似的，聲音大了起來：

「果然如同老媽說的，你這個人對待別人過於刻薄！你以為你是誰啊？有什麼了不起……」

隔天，母親又打電話來。我知道是她所以沒接，結果她就不斷地撥電話。電話鈴聲一直響個不停，無奈接了電話，只聽到號啕大哭的媽媽不斷重複的哀求聲。

這就是我當了哥哥租屋合約保證人的慘烈經過。

房租開始遲繳

二〇一九年夏天，哥哥開始遲繳房租，房屋管理公司的人打電話給我。「再過幾天就滿三個月了，只要超過三個月，保證人就必須代繳房租。」管理公司的男性職員以帶著歉意的聲音說道。

我一直發手機訊息給哥哥。

「快點去繳房租，你有講過不會給我添麻煩吧，如果給我捅出什麼妻子，那我就跟你斷絕兄妹關係。」

從我嘴巴講出斷絕關係這個字眼，對哥哥來說是犯了大忌。五年前母親喪禮時，不顧四周眼光哭號不停的哥哥在封棺時很大聲地說：「媽媽，謝謝你。」然後回頭看了我一眼：「以後只剩我們兄妹兩人相依為命了。」

因為是兄妹，以後要和平相處互相幫忙。這樣的話從淚眼漣漣的哥哥的嘴裡講出來，讓我不由得升起一股不安的恐懼感，因為我哥就是那種一定要有什麼人幫忙才活得下去的人。以前他靠著父母和妻子活到現在，現在失去所有依靠的哥哥，用彷彿抓到一根浮木的眼神看著我，讓我不斷叮嚀自己趕快逃，而且要盡全力逃得遠遠的。

在那之後，只要有機會就會提醒他：「我已經是嫁出去的女兒了。」讓他知道我就是要跟他劃清界線，別妄想倚靠我。

一直發簡訊給哥哥卻得不到任何回應的我非常惱怒，開始打他的手機，打了有幾十次吧！受不了的哥哥終於在隔天發來一條簡訊。

「明天會把租金匯給房仲，既然我們已經斷絕關係，我也沒什麼臉跟你講電話。因為生病所以生活並不好過，不好意思給你添麻煩。」

有糖尿病和高血壓慢性病的哥哥，在二〇一六年被診斷出有狹心症而接受心導管介入治療，我知道他在這之後身體狀況並沒有完全恢復。看到這個訊息讓我有點意志動搖，心想自己應該多少幫他付一個月的房租才對。

哥哥過了不久又送來一則簡訊：

「為了兒子我會努力，不過我已經被逼得快要走投無路了。」

當時我惱怒的心情還沒平復，沒回這則簡訊。接著他好像一直要逼我回覆似的又傳來一則簡訊：

「很抱歉因為這件事打擾到你，沒想到事情變成這樣，我覺得很丟臉。」

即使他這樣的低聲下氣我還是沒有回覆，因為一想到過去發生的點點滴滴，就無法克制自己滿腔的怒火，我才不管他的身體到底變得有多糟！我那時心裡很清楚若沒有好好處理眼前這個狀況，自己總有一天應該會因此嘗到苦頭。

之前曾經發生過這樣的事情，在媽媽喪禮擔任喪主的哥哥什麼事也不做，為此我只好代替他辦理各種手續和支付必要費用，這件事看起來讓他不太高興。喪禮結束當他要回多賀城的時候，伺機問我：

「你賺了多少？」

「什麼意思？」

「我說你到底從媽媽的喪禮賺了多少錢？」

「沒有賺錢喔。」

「付完辦喪事的錢應該還有剩下一點吧？」

「不可能有剩什麼錢，你知道接下來還有多少費用要付嗎？」

「喂，拜託你分點錢給我吧！要不然我是沒辦法回多賀城的。」

「這跟我有什麼關係？」

「你不是想要趕快把我擺脫掉嗎？拜託，這是最後一次了！」

一股恐懼感從腳底升起，這次哥哥終於把目標轉到我身上來了。急忙從皮包掏出五萬日圓，就像碰到瘟神一樣的塞給哥哥，跟他說：

「這是最後一次了！」然後像是逃難一樣離開現場，只聽到背後傳來哥哥的大嗓門：「真是謝謝你啊！」

在警察署

我在車上跟姑姑聊起許多童年的事情，不知不覺間新幹線就抵達仙台。天氣非常晴朗，從美輪美奐的火車站窗戶往外看，馬上就發現這是一個美麗的城市。很遺憾這次只是路過轉車，連有名的仙台牛舌都吃不到。

在仙台轉乘開往鹽釜的仙石線火車，我們得在離鹽釜警察署最近的本鹽釜車站下車。

搭車時姑姑聊起孫子成長的趣事，在一來一往的熱絡交談當中，火車越來越靠近目的地，我開始感受到壓力有如潮水般湧來。

哥哥真的死了嗎？現在要去認屍然後把他送去火葬場，但這整件事讓我覺得沒有太多真實感。

我跟姑姑在沒什麼人的本鹽釜車站下車，順著Google地圖導航朝鹽釜警察署方向前進。從車站走過去大約十五分鐘，半路碰到修馬路工程，迂迴繞了幾次路之後終於看到那棟奶油色的大樓，宮城縣警察鹽釜警察署。

心情因為期待而有點興奮，因為我在尋找應該要在那裡等待的加奈子。我跟她相處得算是不錯，她跟哥哥離婚之後我們也曾經見過面，她一直都對我很友善，所以即使在這種狀況下，我還是很期待跟她碰面。

警察署入口的灰色鐵門前面站著一個穿灰色外套的苗條女人和一個高個子的女孩，她是加奈子與哥哥所生的長女滿里奈。加奈子穿著喪服和包頭高跟鞋，而我這個喪主及唯一血親卻穿著洋裝便服和休閒鞋！

我以盡可能開朗的聲音跟她打招呼：「加奈子，好久不見了！」

加奈子雖然臉上帶著微笑但看得出來很緊張，站在她旁邊高中生模樣的滿里奈急忙跟我點頭。我最後一次看到她是很久以前的事了，但依稀還記得她小時候的樣子，是個大眼睛非常可愛的小孩。她右手緊握手機，看起來也是緊張兮兮的。

姑姑跟加奈子兩人還滿熟的，稍微寒暄之後，我們四個臨時拼湊出來的女子認屍隊就走進了警察署。

鹽釜警察署外觀是非常制式的警察局樣子，與其叫做鹽釜警察署，倒不如叫它七曲署還比較貼切（譯注：七曲署是日本七〇年代很受歡迎的連續劇《向太陽怒吼》劇中的虛構警察局），整棟建築物散發出六、七十年代的舊式氛圍——陳舊的老鼠灰辦公家具，整面牆貼滿通緝犯海報，非常典型的鄉下警察局。

無論是懸掛在天花板上，用厚實塑膠製成的方向指示牌，或是警察辦公室座位的磨砂玻璃隔板，全部都是舊式、也是我小時候常看到的昭和懷舊風。

我們先讓姑姑和滿里奈坐在入口附近的暗紅色長凳，我和加奈子一起到諮詢櫃台。

「您好，我是來認領哥哥的遺體……」一開口，馬上就有一個戴眼鏡的光頭年輕警察走出來。

「請問村井小姐是那位？」我立刻舉起右手。

「是這樣的，認領者必須有血緣關係，所以只能請村井小姐跟我來。本案負責人山下有任務外出，所以改由我來處理。」我心頭一驚，馬上要去看遺體了?!

我們穿過一間間簡陋、昏暗的小房間來到一個地方，裡面有一張很舊的辦公桌、金屬摺疊椅和二個沿著牆壁排放的灰色檔案櫃。

警察局的偵訊室應該就是這個樣子吧?!我開始有點緊張

起來。

桌上放著這個季節早該收起來的電風扇，牆壁上貼著「禁止拍照」的標示海報，貼在海報四個角落的透明膠帶已經發黃變色，紙張都捲起來了。

坐在嘎嘎作響的摺疊椅等了一會，剛才那個警察拿著檔案夾走進來，一屁股坐到我對面的摺疊椅。他先推推眼鏡，開始翻閱手中的檔案，然後有點急促地說：

「死亡時間推定為十月三十日下午四點左右，死因是腦溢血。第一時間發現屍體的是死者的兒子，目前被安置在兒童保護中心。請問您有跟承辦葬儀社的人碰面了嗎？」

「還沒有，我才剛到鹽釜，還沒有見到他，不過我們約好在這裡碰面。」

警察說那我知道了，然後站起來離開房間。繫著皮帶的腰部，襯衫制服下襬有點跑出來。

不久之後就帶來一個魁梧的男人，他是葬儀社的兒島先生。兒島好像搞錯會合的地方，一直在警察署的大門口等我們。

他是身高接近兩公尺的大個子，略長的頭髮梳了個光鮮亮麗的油頭，穿著一身堪稱完美的黑色喪服。講話時低沉的嗓音在小房間裡迴盪，拋光過的銀框眼鏡後面是灰中帶綠的眼睛，臉上堆滿笑容。

「我是負責這次喪禮統籌的兒島。」平穩的低音男聲一邊自我介紹一邊遞出名片，我聞到一股肥皂的香味。然後兒島從夾在腋下的褐色大信封裡抽出一張紙交給警察，也就是哥哥的屍體檢驗報告書副本。

「這個是要交給您的。」兒島用敬語說，警察收到後小聲說謝謝，然後又急匆匆地走了出去，兒島依舊笑容滿面但沒再說什麼話。

警察很快地又回到小房間，給我看了幾份文件，叫我簽名，接著他簡短地說：

「就這樣，所有手續已經全部完成！」

「那……現在要去看了嗎？」我有點焦慮地詢問。

警察連忙搖頭：「還不行！」

「欸？」

「還沒辦法讓您看。」

「您的意思是屍體狀況不太好？」

「不是不是，是還不到可以讓您看的時候。」

這些話讓人墜入五里霧當中，年紀大到可以當這個警察爸爸的兒島在這時插了嘴：

「關於您哥哥的遺體，目前還沒有穿衣服，禮儀師先洗淨遺體然後再為他穿上衣服，入殮服裝的費用是三萬八千五百日圓……」

在這種時候，應該沒有人敢說「不用了，反正都要火葬，衣服不用穿也沒關係」，畢竟對方是個身高兩公尺的壯漢，而且若是這樣回答，應該會讓人覺得我是冷酷無情的人，只好順勢說：「那一切就拜託您了。」

我跟在警察和兒島的後面走出小房間，在警察署入口附近等我的加奈子和姑姑，一看到我馬上就站了起來。

「現在要去看了嗎？」加奈子問我。

「還沒有，說是要等禮儀師整理遺體化妝入殮，應該是要到殯儀館才能看吧。」

聽到這個消息，這群人不知怎麼地變得有點亢奮，就像是婚禮等待新娘子換禮服空檔的親友團一樣，開始七嘴八舌聊天，老實說我真的鬆了一口氣。

啊，接下來就送去火葬了。

就在大家還在七嘴八舌的興頭上時，兒島慢慢地走過來。

「現在離火葬預定時間還有兩個小時左右，大家要先去殯儀館等嗎？」

我跟加奈子對看了一下，問她要不要先到哥哥住的公寓看一下，她毫不猶豫地點點頭。

公寓離鹽釜警察署搭計程車約十分鐘左右，我們之前已經討論過，如果火葬前還有點時間的話，就先到公寓看一下狀況。房東也知道我們今天會來，應該從早上就在等我們才對。我跟兒島說：

「我們先去公寓看看再回來。」

「了解，那我們就約在這裡碰面，請在下午一點左右回來。」兒島露出笑容回答我。

立刻聯絡房東告訴他我們等一下就過去，然後請姑姑留在有暖氣的鹽釜警察署等我們。姑姑揚起手上摺成三摺的東京新聞，很大聲地說：
「我只要有報紙可以打發時間就好，不用擔心。」

哥哥的公寓

那是一棟淡色的二層樓公寓，面對河流，座落在一個安靜的住宅區。河流對面是一個大型社區，蓋滿漂亮的房子，馬路上看不到任何垃圾，乍看之下環境很不錯。

我們一下計程車，馬上有個戴著棒球帽的老先生從公寓前面停車場的一輛汽車走了出來，是房東田邊先生。

他沒有理會我們跟他打的招呼，只是很簡短地說「就在這邊的一樓」，把鑰匙交給我後就走了。是因為心情不好或者急著要去辦什麼事嗎？我實在無法判斷。

我看了加奈子一眼，發現她臉上的笑容不見了，姪女滿里奈看起來一臉緊張，不過這也是情有可原的。公寓的四周非常安靜，連一點點噪音都沒有。

我最害怕的一刻終於要來了！

失禁、嘔吐和亂七八糟的房間……光是從鹽釜警察署山下先生那裡聽到的片段訊息，我可以想像它應該像是慘烈的戰場。哥哥的房間化成了地獄，距離我們眼前這道廉價的房門只有幾公尺遠。

大門下方的信箱投入口附近用透明膠帶貼了一張紙，用黑色的簽字筆寫著「廣告宣傳單請勿投入」，這是我記憶中哥哥的筆跡。

我把鑰匙插進鎖孔，但一直沒有勇氣把它旋轉打開。當我還站在那邊猶豫不決時，站在我背後的加奈子出聲了：

「下定決心打開吧，現在不做也不行了。」

我嗯嗯地回答她，然後慢慢把鑰匙往右轉，輕易就轉開了，接著我又慢慢地轉動門把。

先是一股強烈的臭味撲過來，我直覺這是人類的臭味，比起廚餘垃圾，它更像是某種液體腐爛的味道。

我站在堆滿男人鞋子和靴子的狹窄玄關階梯，環顧著四周。加奈子和滿里奈還杵在門口。白花花的陽光從我對面的紗窗照進來，玄關左手邊是廁所和浴室，廚房和起居室在正中間，四周圍繞三個各約三坪大的房間。加奈子連忙把百圓商店買的拖鞋遞給我。

穿上加奈子給的拖鞋，忍著惡臭慢慢走進廚房，水槽堆滿髒盤子。水槽裡的臉盆也裝滿了水，盤子和碗亂塞一通。感覺一直都有在使用廚房，平底鍋裡好像還黏著什麼東西，筷子亂放，調味料的蓋子半開。泡麵袋子被用力扯開，袋口維持當初打開時的形狀。

當我走過滿是油漬和塵埃的地板時，拖鞋發出啪答啪答被黏住的聲音。裝有胰島素注射器的盒子、大量的藥物、發泡酒的空罐、好幾個四升燒酒的保特瓶、裡面裝有生鮮廚餘的垃圾袋、衣服、杯麵和不知道是什麼東西的物品丟得到處都是。冰箱側面掛著沾滿灰塵的外送披薩目錄，下面貼滿小孩子喜歡的貼紙。

廚房都是油汙和灰塵，牆壁、地板、水槽、櫥櫃已經變成棕褐色。油漬上面附著灰塵，灰塵上面又堆疊一層幾乎快要飄起來的棉絮，毛巾架上的擦手巾烏漆墨黑。

冰箱旁邊有兩個水族箱，分別養著烏龜和魚，都發出令人作嘔的臭味。兒童保護中心的人說，姪子一直掛念著他養的寵物，但看起來這兩隻小動物的小命已經快要不保，我真不知道要如何處理牠們。良一的寵物還沒死至少讓人稍稍安心，但眼前這種混亂光景讓人很無言。

兩個水槽已經發出臭水溝的味道，不管三七二十一先丟了一些飼料給魚和烏龜，然後再走進廚房後面的起居室。

兩人座的人造皮沙發座面裂開，露出裡面的彈簧，髒兮兮的棉布座墊揉成一團蓋在上面。沙發前面的方形小茶几放著三瓶沒喝完的保特瓶裝咖啡、成堆郵件上面斜放著玻璃菸灰缸，裡面的菸蒂堆得像小山一樣。

藥膏、打火機、眼鏡、原子筆、手錶、杯子內緣堆積黑色茶垢的馬克杯、面紙盒，還有一大堆亂七八糟的東西。

一直到幾天前哥哥還坐在這座沙發上，瞇著眼睛抽菸喝咖啡，我不禁在腦海裡想像他在這個房子生活的樣子，近得彷彿可以聽到他的呼吸聲。

哥哥坐在沙發上，漫不經心地轉動電視搖控器，點了菸，然後扭開咖啡的瓶蓋，大口喝著甜膩的飲料。他一邊嘆氣一邊搔著散亂的頭髮，想著有什麼辦法可以籌措房租。

我心頭一凜，哥哥的靈魂搞不好還在這裡徘徊！

為了祛除心中的恐懼，我趕快把起居室的窗戶全部打開。窗戶面對社區內部的馬路，右邊可以看到河流，光線很好而且很通風。

或許這裡算是可以暫時逃離地獄的避難所吧。我深吸了一口氣，讓心情慢慢平靜下來。

如果不是親眼看到公寓的慘狀，我不能理解為什麼當我問到房子狀況時，山下警察不願講太多，只說那裡「保留長時間生活留下的痕跡」。面對哥哥這些堆積如山的遺物，我到底要如何是好！

收藏幸福時光

五年前媽媽去世時，我被她留下的大量遺物嚇到，從此養成整理身旁用品的習慣。不只把常用的東西減半，兩年前生了場大病之後，家裡更是除了書本再也沒有增添過任何物品，如果買了新衣服，一定會把相對數量的舊衣服打包丟棄。

但看起來哥哥並不是這樣子，有收集癖好的他把房子當成收破爛的倉庫。

起居室的櫃子排滿老舊的公仔模型，雖然加奈子說裡面有一些價格不菲的貨色，但即使這樣我也不想經手這件事，不管是賣掉或是要丟掉，它們都髒到我不想碰。

哥哥的公寓感覺像是有一年多沒有被好好打掃過，到處都是油漬和灰塵，整個公寓像是蒙上一層灰，散發出窮困和寒酸的氣味。

我卸了背包放在沙發，脫下外套開始整理桌上的東西。哥哥喜歡華麗繁複的飾品，桌子上竟然有幾個很大的飾品手環滾來滾去，這也是我跟他合不來的原因之一。

撥開刀子、玩具槍等雜物之後，看到一把大鑰匙，我拿起來對加奈子揮一揮：「找到了喔！」

鹽釜署的山下警察在電話裡說過「有輛車比較方便，在多賀城沒有車就跟沒腳一樣」，我本來就打算用哥哥的車在市區內移動。一輛裝滿各種工具和物品的銀色廂型貨車停在公寓前面，我和加奈子都直覺它就是哥哥的車子。

接著要看的是廚房右手邊良一的房間。他的房間面對公寓的走廊，只有一個小窗戶，裡面很暗而且擺滿東西，牆上掛了幾件童裝，不過一看就知道是他已經穿不下的尺寸。

地板上堆滿舊教科書、漫畫書和文具，只有房間角落的小書桌被收拾得乾淨整齊。這房間對小學生來說未免太過雜亂，不過我滿訝異姪子和哥哥竟然沒有睡在同一個房間。

最後要確認的是發出臭味的房間，也就是哥哥住的地方。跨過門楣兩邊的晒衣桿吊掛著許多外套和洗過的衣服，讓這個房間看起來很像是鐘乳石洞。

「他一直很喜歡買衣服。」看到衣服堆積如山的加奈子說。其中有些皮外套我也看哥哥穿過。

一進房間的左手邊是床鋪，右邊角落是一張小矮桌。榻榻米上鋪著一張帶著圓點的薄毯，刻意蓋著毛巾被來遮掩毯子上的許多褐色汙漬。毛巾被旁邊是捲得亂七八糟的薄被子，感覺好像是被捲起來擦拭什麼東西似的。

床上鋪的墊被很骯髒，枕頭位置的地方幾乎都是黑色的汙漬，床單皺皺的，可以看得出來哥哥之前就躺在那裡。

黑色汙漬到底是吐血還是便血我無法判斷，但是從枕頭旁邊的窗戶射進來的西晒陽光，讓汙漬看起來異常鮮明清晰。為了遮掩強烈的西晒陽光，鋁窗也裝了捲簾，只是有部分因為損壞，簾子斜斜地掛著，幾乎快要脫落，上面積滿灰塵。

我和加奈子兩個人真的不想踏入這裡，房間狀況壞到讓我忍不住呻吟：「實在是太糟糕了！」加奈子只能機械式地點頭回應。

「欸，快來看！」待在起居室的滿里奈突然間叫她媽媽，我朝著她手指的方向看過去，發現牆壁上有一些用圖釘釘住的照片，大部分都是家人的合照。這時滿里奈開始掉眼淚了，上面是哥哥和加奈子結婚時我們全家人一起去旅行的照片、四十年前爸媽和我以及哥哥四人的黑白全家福合照，還有我小時候跟哥哥肩並肩的合照，當時笑得好開心。

我覺得這些照片收藏著哥哥五十四年的人生當中，最為幸福快樂的時光。

火葬

公寓狀況大致確認完畢，我們急忙趕回鹽釜警察署，然後轉往殯儀館。

哥哥的棺木被安置在殯儀館裡一個正方形、佈置簡單的靈堂裡，雅緻的祭壇佈置著鮮花。因為時間太趕了，並沒有準備遺照。

兒島準備一個花籃，把棺蓋打開後宣佈：「接下來進行蓋棺之前的家屬遺容瞻仰……」

我發愣地站在一旁，姑姑戳戳我的背說：

「你啦，從你先開始……」

「咦！我？」我一邊說一邊走近棺材，無限惶恐地窺看哥哥的臉。

真的是哥哥！頭髮夾雜許多白髮，變瘦了，躺在棺材裡的人確實是他沒錯。姑姑一邊流淚一邊雙手合十對著躺在棺材裡的哥哥說「好可憐」。我也情不自禁跟著雙手合掌。

加奈子和姪女滿里奈在火葬前十五分鐘左右，才隨同兒童保護中心的二名職員一起進入殯葬禮廳，姪子良一手捧鮮花、神情緊張地慢慢靠近棺木。加奈子對著哥哥小聲地說：

「孩子的爸，謝謝你！」

滿里奈淚流滿面，良一什麼話也沒有說，只是站在棺木旁邊環顧著四周。

我問葬儀社的兒島：「可以摸他嗎？」兒島馬上伸出右手，點頭說當然可以。

這應該是我有生以來第一次摸到哥哥的額頭。摸起來有點冷，但皮膚還是柔軟的。我一邊摸著哥哥的額頭，一邊把這張再也看不到的臉仔細看了一遍，然後跟他說再見。

「哥哥，永別了。」但即使是面對死去的哥哥，我還是一滴眼淚都沒有掉。

東山再起

火葬之後我把骨灰罈放在大腿上，坐在哥哥的車子副座，由加奈子開車載我們回公寓。

途中在JR本鹽釜站附近讓姑姑下車，她本來是想在附近的旅館住一晚。「我看我還是先回去好了，不用擔心，我知道要怎麼回去。」她下了車，像是說再見似的舉起右手，然後就快步走遠了。我沒有留她，因為她是一旦做了決定就不會輕易改變心意的人。

我答應她在所有事情辦好之後再寫信跟她報告。

坐在堆滿工作機具的狹窄車子後座的滿里奈這時突然冒

出一句話：

「肚子快要餓死了！」

個性開朗的滿里奈真是可愛，我小聲地跟加奈子說：

「你把她照顧得很好。」

「沒有喔，這小孩也是吃了不少苦。」加奈子笑著回答。

天已經全黑了，東北特有的寒氣滲入體內，但放著哥哥骨灰罐的大腿卻覺得很溫暖。

我和加奈子這時只掛心另外一件事，哥哥公寓裡有些事必須趕快先做，至少生鮮廚餘一定要在今晚入住旅館前先處理掉，冰箱裡面應該是堆滿各種食物才對。加奈子也想趕快把良一的東西搬走，總之，有些事情若不趕快動手做完就無法安心，甚至連吃飯都沒什麼食欲。

回到公寓打開燈，迎接我們的依然是那個堆滿東西的房子，垃圾當然一點也沒減少。即使剛才離開時已經把窗戶全部都打開，但強烈的臭味依然沒有減輕。在白色日光燈映照之下，房子更顯寂寥，廚房的油漬看起來隔外醒目。大烏龜在水族箱裡爬動，傳來龜殼撞擊水槽的咔啦咔拉聲。

加奈子和滿里奈走進良一的房間，開始把需要和丟棄的東西做分類。我一個人坐在客廳的沙發，手裡提著多賀城專用的四十五公升垃圾袋，一邊把桌上不要的東西掃進袋子，一邊卻想著有關良一的事。

他來殯儀館穿的是兒保中心借來的深藍色V領毛衣和長

褲，我很多年沒有見過他，現在已經變成文靜的少年。在喪禮中他的情緒平靜到讓人有點擔心。看得出來加奈子有點介意良一的瀏海竟然長到蓋住眼睛，這對很久沒有見面的母子，在等待哥哥火葬的那幾個小時，很快就毫無隔閡地聊了起來，看到這種光景的姑姑眼睛泛淚：

「不錯喔！這樣我就放心了。」

兒保中心的職員看起來也都露出鬆了一口氣的表情。接下來雖然還有很多手續待辦，但我相信良一很快就可以從多賀城搬回他出生的故鄉，跟加奈子一起住了。

在日光燈刺眼的客廳，我檢視哥哥留下來的東西，心想他應該覺得很無奈吧。

從任何角度看來他都是一個人生的失敗者，突然間這樣死掉應該算是惡有惡報，不是嗎？因為才只有五十四歲而已，而且竟然用這種方式告別人世，想想真是非常悲慘。突然間倒下，然後讓一大堆不認識的人跑到房間來幫他收拾殘局，一直不想讓尖酸刻薄的妹妹知道自己的隱私和祕密，現在卻讓她看到這麼骯髒的房間！

我拾起腳下的胰島素注射器空盒丟進垃圾袋，發現地上褐色信封袋裡面有幾張紙，那是哥哥從就業服務處拿到的徵才活動訊息，那疊紙的最下面是哥哥的履歷表。上面黏貼的照片比我記憶中的哥哥瘦了許多，跟晚年的爸爸長得好像，照片中有一點笑意而且戴著眼鏡，看到這裡我突然間想起警察山下先生曾經提到哥哥患有伴隨糖尿病帶來的眼睛病變。

我不知不覺就捧著電腦打字的履歷表讀了起來。

1992年　衛生設備自營商
2012年　衛生設備商停業（被連鎖倒帳波及）
2012年　〇〇鋼鐵公司就職（多賀城）
2013年　〇〇鋼鐵公司退職（個人因素）

以前當老闆的哥哥，在生意最好的時候曾經擁有好幾台車和重機，那時也住在很大的房子。

只是二〇一二年公司倒閉、離婚，然後決定搬到多賀城，那一年也是他的人生向下墜落的轉折點，在那之後的七年間，哥哥的身體急速變差、變窮然後走向死亡，就像在斜坡上跌了一跤，然後滾下山坡直墜深淵一樣。

看到履歷表背面的證照資格欄，我才知道原來哥哥曾經取得過這麼多證照，但即使擁有這麼多資格，也只能感嘆在現實社會中沒辦法幫一個五十幾歲的中年男子取得像樣的工作。

我不自覺地繼續往下看到履歷表中的期望和動機欄位，然後被裡面的文字吸引，這是我第一次看到哥哥寫的文章。腦海中不禁想像哥哥死命地敲打電腦鍵盤的情景，蜷縮著背，瞇著老花眼貼近螢幕，慢慢移動手指的樣子。

期望和動機

因為糖尿病併發症導致有段時間暫停工作，經過治療後狀況已經穩定。為了念小學的兒子，我希望快點讓生活步入常軌，目前正透過就業服務處協尋工作。由於年紀的關係，可能沒辦法像年輕人一樣接受重勞動的體力工作，但我絕對會以新人的昂揚鬥志鞭策自己為新工作盡最大的努力，麻煩您多考慮。

另外，由於孩子還在上小學，有時為了配合學校行事曆及醫院回診時間可能需要請假，這些我都會提前安排以免造成您的不便，但若碰到孩子有緊急事情要處理，還請您多多包涵。

這時心中無來由地升起一股情緒，手忙腳亂地把手上的履歷表摺起來塞進背包。像是要從腦袋裡抹除履歷表所寫的文字內容似的，趕緊從沙發站起身走到哥哥房間的入口。

已經無路可逃，如果不趕快動手的話，哥哥就會一直留在這裡不走。只是一看到榻榻米上毯子的汗漬我就猶豫了，尤其是強烈的臭味更讓人卻步。

我杵在那裡像一尊雕像，最後促使我行動的是穿著黑色喪服的加奈子。本來應該在隔壁良一房間整理的她，大刺刺地走進哥哥的房間，動作飛速地把髒毯子從榻榻米上拉起來，然後催促著：「那邊，快點一起拉。」加奈子對著不知所措的我說。

明明心情上還沒調整好要面對，但屈服在她的氣勢之下，不得不硬著頭皮做，我也一起把毯子從榻榻米上抓了起來，兩人憋住氣把毯子摺成四摺，然後一口氣塞進滿里奈為我們打開的大塑膠袋，快速封口，再用力把塑膠袋丟到廚房裡。

接著，加奈子用很快的速度摺好髒兮兮的棉被，把榻榻米上所有寢具全部疊好集中。

「啊，這是我應該要做的……」在我躊躇又軟弱的囁嚅聲當中，加奈子好像全身放電的女超人，雖然我也搞不清楚到底是被什麼力量給電到，但也情不自禁跟著用從來沒有過的驚人速度，完成這個可怕又骯髒的工作。

電光一閃當中，我的體內好像有什麼開關被啟動。

接下來我們依序把哥哥的遺物裝入垃圾袋，弄了大約一個多小時，廚房擠滿垃圾袋時才休息。坐在起居室客廳地板喝著罐裝茶的加奈子突然說：「我想把喪服脫掉耶。」才剛說完，她就脫了喪服的黑色外套，身上只剩捲起袖子的洋裝。

DAY TWO

宮城縣多賀城

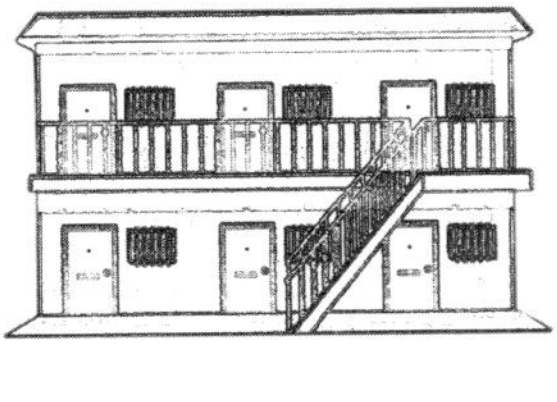

意外事件

我住的ＪＲ本鹽釜車站附近的飯店早餐出乎意料之外的豐盛。沒有選擇住在多賀城內的商務飯店，而是落腳在離那裡搭火車三站，開車需要十分鐘左右的本鹽釜附近飯店，主要原因是我想要盡量遠離哥哥居住的公寓。

這間飯店提供的早餐不是自助式，而是用很大的木盤裝著三樣配菜、白飯、味噌湯、烤鮭魚、醃菜和納豆的和式早餐，由一位上了年紀、看起來和藹可親的老婦人幫每個人上菜。

味噌湯的高湯熬得很入味，撫慰了前一天經歷過慘烈戰鬥的我，飯店房間也才剛剛整修完成，住宿價格也不貴，ＣＰ值超高。

享用早餐的地方是設在飯店提供午晚餐的中華料理餐廳，我附近坐著一群穿西裝的男人，可能是從東京來出差的吧，女客人只有我一個。我一邊喝著味噌湯，一邊想著自己竟然會跑到這麼大老遠的地方來收屍……

「啊，它有提到鹽釜耶！」一個年紀比較大的上班族突然間出聲。

這個右手拿筷子，左手握著手機的男士接著說：「被宮城縣警察逮捕?!講的是鹽釜警察署。」

「而且就是這間飯店！你看，被拍到的飯店大廳畫面！」男士稍微提高音量跟他同事說，然後把手機遞給其他三個人看，接著四個人同時發出哈哈哈的笑聲。

原來有個知名娛樂圈人士因為涉嫌持有興奮劑，第四度被警方逮捕。那個人就住在這家飯店，而且他竟然把興奮劑遺留在房間裡。

這家飯店的確有讓人想要多住幾天的吸引力，我也想到前一天山下警察似乎忙著處理某種突發事件……當我們一切弄妥正要離開鹽釜警察署的時候，突然有個面色和善的高個子男士衝出來跟我打招呼：「我是跟您電話聯絡過的山下，今天有點忙，到處跑來跑去，真是非常抱歉。這次真是辛苦了，還勞煩您大老遠跑來。」

不管怎樣，我覺得山下警察人真的滿好的。

坐在面對窗戶的桌子旁，隨意看著清晨的鹽釜街景，我對這裡歲月靜好及和善的人們留下深刻的印象。

我們第二天的行動是進行該申請的文書作業、把所有垃圾搬到垃圾處理場、到兒童保護中心跟良一面會，最後再把良一養的烏龜和魚送到他就讀的小學寄放。

關於垃圾處理，我當初的想法是全部都交給專門處理遺物及特殊清掃業者，不過加奈子試著說服我：「即使是一塊錢都不要隨便浪費，我們先自己做做看好嗎？」

但即使是這樣，我們也沒有辦法處理所有的東西，尤其是像冰箱、洗衣機、床架這類大型家具就足以讓我們舉白旗投降了。

不過就如同加奈子所說的，若是把哥哥弄得髒兮兮的地毯拿掉，發現下面的榻榻米狀況還不錯的話，那還需要請特殊清掃的人來處理嗎？如果不用的話，那就只做一般清潔整理即可。因為加奈子的積極，而讓我省下這筆特殊清掃費用。

直到這個當下，我才對自己個性當中的軟弱遷就感到很羞愧，同時也對加奈子抱著深深的感謝。

這種人到處都是

吃完飯店的豪華早餐之後，我出發到加奈子和她女兒下榻的多賀城商務飯店。

搭火車到多賀城，下了火車出站就可以看到二〇一六年剛落成的多賀城市立圖書館，雖然只是鄉下地方的小街市，但因為有了這個圖書館，加上裡面的蔦屋書店、便利超商、星巴克咖啡，整體看起來還滿氣派的。

我一邊欣賞街景一邊朝著飯店方向走去，我們約好八點四十五分碰面，然後九點整直接到飯店附近的市公所辦理手續。

在旅館大廳看到的加奈子一臉疲憊，不過前一天做了那麼多事這也是理所當然，她穿著防寒的羽絨衣、牛仔褲和運動鞋。滿里奈已經跟我比較熟了，含笑跟我打招呼，她穿著白色毛衣和格子褲，看起來非常可愛。

我們三人坐上停在飯店停車場的哥哥的車子，開往市公所。加奈子想要在今天就幫良一辦妥所有必要手續，主要是有關支付給哥哥的兒童津貼及育兒津貼相關手續的移轉。

就在加奈子逐一辦理的過程當中，我們才發現哥哥竟然領有低收入戶生活補助。跟在像風一樣在市公所裡面快速移動的加奈子身後，我無意間聽到市公所的男性職員小聲地跟她說：「因為他領有低收入補助的關係……」

這件事讓我太訝異了，補助？哥哥竟然在領低收入補助！因為太吃驚而不自覺發出「欸！」的聲音，一位戴口罩的市公所女職員還瞥了我一眼。快速完成所有手續之後，我們默默地回到車上。

哥哥領取津貼這件事讓我非常震驚，在他搬到多賀城之後的幾年，我記得曾經收到多賀城市公所寄來一封撫養詢問的文件（針對申請者的親屬所發出的文件，確認是否能夠對申請者提供支援），但我也不確定哥哥後來是否有拿到津貼，因為他以前雖然幾次離職，但最後都有找到工作。加奈子沒有說什麼就發動車子引擎。

「我不知道哥哥在領低收入津貼……」我對加奈子說。

她停頓了一下，然後眨了幾下眼睛：

「好像是。我是有點驚訝，要走到那個地步之前應該是吃了滿多苦頭的……這個人很有才華，為什麼這麼有才氣卻無法派上用場呢？不過這樣的人還真不少，我在職場上看過許多人想要一份工作，卻因為年紀大沒有人要雇用。履歷表上寫著患有糖尿病就更加雪上加霜了！」她一口氣講完，然後用力扭動方向盤。

哥哥的確是有很多才華，雙手異常靈巧，而且他可以長時間專心投入手邊進行的工作。小學時他就組裝過有幾百個零件的塑膠玩具模型，然後自己做表面塗料裝飾，成品讓許多大人都驚豔不已。擅長繪畫、書法、珠算，連運動都是他的得意項目。

只是到了高年級，因為過動症惡化，即使在上課中也無法安分坐在教室椅子上，我還依稀記得媽媽為此傷透腦筋。進入國中階段更是整個大暴走，他無法理解其他人的感受，經常跟同儕起衝突而被學校老師放生不管。高中只上了一個星期就主動退學回家，讓爸媽非常失望。

之後由於爸媽死命說服而進了附近的建教合作高中就讀，加上學校老師和同學的幫忙，哥哥逐漸恢復正常，白天就在父親介紹的地方打工，晚上到學校上課。爸媽看到哥哥的改變都很高興兒子終於步入正軌，媽媽不再傷心哭泣，爸爸也不再大吼大叫。

但這樣的生活並沒有持續很久，哥哥在一年後就從高中退學了，某天他和爸爸大吵一架，離家出走後就再也沒有回來，之後我好幾年沒有見到他。沒有哥哥的家，變得非常地安靜。

「他的確是多才多藝，而且也很勤奮地練過柔道……」

「欸，連柔道都練過啊！」

「對啊，因為個子高大，所以一進國中，柔道部的教練就找上門，還參加過比賽。」

「我完全不知道這件事。」連坐在後座的滿里奈也小聲地附和。

我們又回到哥哥的公寓。

那天的多賀城是明媚的大晴天，天空湛藍，待在陰涼處雖然有點寒意，但向陽的地方是讓人微微冒汗的好天氣。

和之前一樣，打開公寓房門就有一股惡臭襲來，即使是前一天晚上就已經打開廁所和浴室的窗戶讓它通風也沒什麼用。

反正現在已經豁出去了，我從昨天打掃出來的垃圾堆當中開出一條血路，把起居室的窗戶全部打開讓它通風，然後開始做小物件的整理和分類。才剛坐在窗邊確認信件內容，就看到一台白色輕型車停在前面的馬路，是房東的車。

「大清早就跑來整理，真是辛苦了！」態度跟昨天截然不同，他帶著友善的微笑跟我說。

我約略知道他態度改變的理由，因為他發現我只是個無害的普通人，所以就放心了，認識哥哥的人差不多都有類似的反應。跟講話很大聲而且聲音帶有威脅性的哥哥比起來，身為妹妹的我卻是完全不同類型，外表一看就讓人覺得很放心（先不管實際上是怎樣），像田邊房東這樣的反應我已經碰到很多次。

「早安，真是不好意思，這次我哥哥給您帶來許多麻煩。」我邊說邊跟他鞠躬說抱歉。

房東一直搖著右手回我：「沒有這回事，因為是生病去世，碰到這種事真是一點辦法都沒有啊！」

我不知道該怎麼回他，只好含糊地笑一笑。接著，房東指著堆放在院子裡應該是屬於哥哥的輪胎和自行車跟我說：

「這些東西也請務必處理掉，十一月分的租金已經收了，你也不用急，只要在最後一天把屋子清空即可。對了，你不用特別清掃，因為我有收押金，只要把屋子裡的東西全部清走就可以了。」

聽到他這樣說，老實說我有點鬆了一口氣，不用去清掃那個有如惡夢般的骯髒廚房，真是有夠幸運。房東大概是看到三個女人拚老命在整理房子，鬆了一口氣，頓時連心情也跟著好了起來吧。

「你們三個住哪裡？該不會是住飯店吧！」

「是的，昨天住飯店，今天再住一晚，預計明天回去。」

「真是的，你們辛苦了！辦喪事也要一大筆錢，林林總總要花不少錢吧。你們可以住這裡，想住的話也沒問題喲，三個人就住這裡，反正裡面也有電啊。」

我把頭搖得像是波浪鼓一樣，用稍微強烈的語氣回他：

「沒關係，不用了！」

住在哥哥去世的房子裡根本不可行，而且再怎麼說，這種提議未免太過不合常理！等到好心情的房東離開後，我立刻忍不住竊笑地跟加奈子提起這件事：

「剛剛那個房東啊，說我們晚上可以住在這裡，但我怎麼想都覺得這應該沒辦法吧！」

我聽到身後的滿里奈也哈哈地笑了起來。不料加奈子竟然面不改色，淡淡地回我：

「我可以住，要我住這裡也沒關係喔。」

我一時之間不知道該怎麼回應她，只是覺得自己實在很差勁，低著頭說不出話來，然後默默地把哥哥的雜物全部掃進垃圾袋裡。

哥哥似乎是從這個夏天就開始做保全的工作，有一套藍黑色的制服掛在隔開廚房與起居室拉門的架子上。我想像著身形高大的哥哥，戴著頭盔站在熱氣蒸騰、有如海市蜃樓的柏油馬路上，揮舞交通指揮棒的情景。那時的他顧不了從額頭流下來的豆大汗珠，站在充滿汽機車廢氣的馬路上，只聽見自己心臟像是連敲的鐘聲一樣撲通撲通地鼓動吧。

其實真的沒太多餘裕看著哥哥的衣服回憶往事，但我拿著他的衣服就忍不住想起一些關於他的事情，每塞一件衣服到垃圾袋就好像要斬斷某些過往的軌跡一樣。單純地把衣服丟到垃圾袋其實不難，只是這套哥哥穿過的保全制服拿在手上，卻讓人心思格外沉重。

謠言在社區內流傳

我們拚命收拾整理，正想喘口氣時赫然發現已經下午三點多。

就著寶特瓶喝茶休息的空檔，發現一直開著讓它通風的玄關門有人在探頭探腦。穿著深紅色毛衣的歐吉桑，正和站他旁邊、穿芥末綠夾克的歐巴桑說話，他沒有發出聲音，但從嘴型知道他在問：

「有人來了？」

「死了嗎？」

他們的臉上有股掩不住的好奇心。

我馬上跑到玄關，盡量以輕快有禮貌的聲音跟他們打招呼：

「不好意思，這次我哥哥為大家添了麻煩。我是他的妹妹，特地過來收拾東西。」

「喔，原來是他妹妹！不過看起來一點也不像是兄妹。」

「嗯……說得也是。」

看起來已經不那麼緊張的歐吉桑用雙手掐住自己的脖子，模仿上吊死亡的樣子伸出舌頭，然後問我：

「是這樣死的嗎？」

站在他旁邊的歐巴桑一直在觀察我的反應。

「不是喔，不是上吊自殺，是生病去世的。是腦溢血病死的，當時有馬上叫了救護車和警察，並沒有放很久……」

我急忙解釋。

歐吉桑馬上轉頭對旁邊的歐巴桑說：

「不是上吊自殺的啦！」

「哎喲！」那個歐巴桑似乎有點吃驚，有點不好意思的喃喃自語，這跟大家傳的不太一樣。

我對這兩位好奇的老人家做了比較細節性的說明，因為如果讓錯誤的流言傳出去，房東因此找不到新房客的話，那就太對不起人家了。

救護車和警車進入這個安靜的住宅區，把一動也不動的哥哥用擔架搬出來，這絕對會變成附近居民茶餘飯後的話題。

我聽著這個住在隔壁的歐巴桑訴說著對哥哥的不滿（主要是噪音問題），好幾次跟她鞠躬道歉。聊得差不多就趕快回到屋內，這時傳來加奈子的催促聲：

「差不多要走了吧？時間真的有點趕！」

不知不覺之間太陽已經要下山了，趕忙回她：「我們走吧！」

有如煉獄深坑般的垃圾處理場

我和加奈子及滿里奈三個人，以接力的方式把裝滿遺物的垃圾袋塞進後車廂，哥哥那台車算是滿大的，但一次也只能裝十袋。我們讓滿里奈在公寓留守，然後直奔目的地。

位於郊外的垃圾處理場像一個廣大無垠的神祕小宇宙。我們在入口就碰到困難，因為入口斜坡非常陡，小坡的上方排滿大型垃圾車，看起來就是拒人於千里之外的專業垃圾處理場。

想到要把一台滿載遺物的家庭房車塞進那些垃圾車之間，我突然龜縮了，不安地詢問：

「真的是這裡嗎？」加奈子馬上拿起iPhone用Google Map確認位置，然後冷靜地回我：「是這裡沒錯。」我覺得加奈子比我沉著大膽許多。

「可是車胎已經磨得很平了！」

「咦！車胎有磨得很平嗎？可能是因為害怕才會有這種錯覺吧！」

我目瞪口呆說不出話來，只看到加奈子一臉正經地看著前面，瞇著眼睛。停在我們前面斜坡上方的垃圾車正在轟隆轟隆地往前行駛。

加奈子喊了一聲「出發囉」就放下手煞車猛踩油門，我哥的車好像後方有人在拉扯一般差點失去平衡，最後還是成功爬上斜坡，身體一直向前傾的我嚇出一身冷汗。

車子開上去之後，來到辦公室前面，交出事先申請的搬入許可證和一般廢棄物處理券。受理窗口的男士似乎心情不佳，用手指著那棟有點灰濛濛造型簡單的巨大建築物。

我們跟在垃圾車之後往裡面繼續開，來到一個有如岩洞般的大型洞穴，然後再倒車把車停好。

距離水泥地面只有十五公分距離的停車護欄之外，是一個很深的坑，這個大坑裡面有一台宛如怪物般伸展手臂的起重機，把大量的垃圾往上堆。睜眼往下看彷彿要被吸進去似的讓人頭昏，有懼高症的我立刻就恐慌大喊：

「嗚哇！我不行，這個我沒辦法！」

「不用擔心，掉下去的話，會有人把你救上來的。」加奈子回我。

「可是掉下去的話，就算有人來救大概也已經死翹翹了吧……」

我們把裝有哥哥遺物的垃圾袋逐一扔進大洞裡。

「我來了！」

「快滾！」

「轉世投胎去吧！」

加奈子被我丟垃圾袋時的大叫聲逗得樂不可支，我也跟著大笑了起來。加奈子丟垃圾的姿勢實在是太帥了，我還幫她拍了幾張照片。我們像是弄錯場合玩起搞笑遊戲的女子雙人組，但我卻莫名其妙地有種幸福感，如果哥哥看到這個畫面，不知道心裡會怎麼想？

我覺得在丟擲垃圾袋的同時，對哥哥抱持的怨恨也逐一消解，到目前為止與他的恩怨似乎都跟著垃圾一起掉進黑洞裡。只是對於一毛錢贍養費都沒付，而且又帶給小兒子如此慘痛經驗的哥哥，我覺得加奈子應該不會如此輕易地原諒他。

回到車上坐在副座，我忍不住跟加奈子說：

「真是不好意思，把你拖下水做這樣的事情。」

「才不會，這件事跟我和兒子都有關。」加奈子很乾脆地回答我。

我們又急忙趕回哥哥的公寓，那裡還有滿里奈在等著我們。

良一就讀的小學

清空堆得跟小山一樣的垃圾之後，我們去了良一就讀的小學，想要跟教務主任和良一的級任老師說謝謝，他們從哥哥去世的隔天就一直跟我們保持密切聯絡。

級任老師在哥哥被送上救護車之後，更是陪著良一直到兒童保護中心的人接手為止，還跟良一回到公寓收拾所需的個人物品。我之前在電話中詢問哥哥公寓的狀況時，級任老師用略帶緊張的聲音回答：

「生活的痕跡，一切都照原樣保留下來。」

級任老師正在上課，所以沒能見到他，倒是和教務主任小聊了一下，跟他報告目前的狀況並感謝他的幫忙。校地廣闊環境優美的小學，看起來很溫馨，我們請教務主任轉達，想在級任老師授課結束後見他一面的意願，然後離開小學，轉往兒童保護中心探望良一。

母與子

我和滿里奈坐在等候室，等待兒保中心的河村和加奈子討論結束，這段時間我一直想著哥哥的人生。

他實際上結過兩次婚，與第一任妻子所生的兩個孩子都已成年，出發到多賀城之前，我查到她的聯絡方式並電話告知哥哥的死訊，她的聲音聽起來很吃驚而且跟我說：

「不久前我們才剛聯絡過而已！那時感覺他好像滿寂寞的，一直想找人講話聊天。差不多兩個月前電話聊天的時候，有提到眼睛看不清楚要去住院檢查之類的事。他每次打電話來總是聊個沒完，那天我因為急著掛掉就跟他說『那我們再聯絡囉』，他大概有發現就不好意思地跟我說了晚安。

理子，那個人為什麼就這樣子走掉了呢？」

我完全不知道哥哥經常這樣打電話給不同的人，而且他好像也是這樣跟加奈子互動，兩人一直都有保持聯絡，分享良一的近況等等。他常發電子郵件，也常常寄給我，哥哥有許多社群軟體帳號，他的公寓有兩台舊筆電，感覺一直都有在用，聽加奈子說他很喜歡逛YAHOO拍賣網站。

看著戴口罩坐在椅子上打盹的滿里奈，覺得我對哥哥的事情好像知道得太少，本來以為自己很了解他，但實際上卻不是這樣，但另一方面我哥哥似乎對我所知甚詳。我在報紙上寫的專欄和雜誌上登載的新書廣告，都一一被他剪下來放在抽屜裡，看到這些剪報我立刻把它們全部丟進垃圾袋，哥哥到底是基於什麼樣的心情在收集這些剪報呢？我想起之前他曾經跟我說過：

「你怎麼老是寫些有關吃的事情呢？」

我聽到當時覺得這個人真的很煩，生氣了好一陣子，而這個人現在已經不在人世了。

大約等了一個小時，終於等到加奈子和河村回到接待室，河村接著說「那我去把良一帶過來」就走出房間。終於來到這一刻！

「河村剛才跟我講了良一到現在為止所有的活動細節，目前狀況看起來是沒辦法馬上帶他走。」加奈子可能是覺得讓我等了一個小時不好意思，跟我解釋剛才他們說話的內容。

河村先把我們三個人帶到面談室，等了一會兒，良一就在另一位親切女士陪同之下走了進來，見到加奈子和滿里奈，從臉上表情可以看出他滿開心的。

大家先各就位，問候打完招呼之後河村開始講話：

「今天良一的姑姑特地從滋賀縣過來，她在良一爸爸去世之後馬上打電話給我，然後今天帶著你的媽媽和姐姐一起來這裡，大家都非常擔心良一，才會大老遠跑來。關心良一的人有這麼多，你可以不用再害怕喲！」

接著河村對加奈子說：「良一的媽媽，請說。」加奈子把臉轉向良一：

「今天有些話要跟小良說，爸爸已經不幸去世了，接下來媽媽想跟小良住在一起，不知道你覺得怎樣？」良一點點頭。

「可以一起住嗎？」他又點點頭。

「還需要一點點時間，但是你真的想跟媽媽一起回到我們以前的家嗎？」良一邊笑一邊點頭。

「那我們到時候全家人一起去迪士尼樂園玩！」加奈子的聲音有些哽咽顫抖。良一的小臉像是瞬間被點亮一般，接近歡呼地提高音量：

「真的要去迪士尼樂園?!」

我們再三跟良一保證三個星期後一定會回來接他，跟他說了再見。河村說為了讓良一有足夠時間跟學校同學告別，所以這段期間他每天都會從寄養家庭到學校上課。

烏龜和魚

看到良一現在幸福的樣子，想到哥哥沒能看到這個情景的遺憾，我對於突然間被剝奪的生命及被命運殘酷捉弄的無奈，心中有股複雜的情緒和痛心。

到目前為止我一次也沒有試著要去了解哥哥這個人，而且還躲他躲得遠遠的，現在卻隨處可見到他拚命想活下去的生活痕跡，這些事一直在譴責我的良心。早知道會有這種結果，我那時候對他好一點不就結了嗎？

本來應該是皆大歡喜的美好結局，對照現在哥哥孤苦無依地驟逝更顯諷刺。哥哥的人生簡單地結束了，在獨自一人的舞台鞠躬謝幕。

從兒童保護中心回到公寓已經是傍晚了。

「真搞不懂他為什麼要搬到多賀城這個一點地緣關係都沒有的地方？你不覺得突然間把家搬到這麼遠的東北是滿怪的事嗎？而且為什麼是多賀城？這裡根本也沒半個認識的朋友啊，真是不可思議到了極點！」

「……你不會覺得這裡跟老家附近的風景很像嗎？尤其是公寓那附近。流過公寓前面的河川景色根本是一模一樣，你沒有發現？」

「一點也不覺得。」

「而且不只是公寓附近風景很類似，這個小城市街整體氛圍真的跟你哥哥從小長大的地方很像。」

我看著車窗外的多賀城街景，位於砂押川旁邊的社區大樓外牆，被夕陽染成紅色，它跟老家附近漁港每到夕陽西下時的絢爛火紅的確有相似之處，可惜那也是我最討厭的景色。

抵達公寓的時間正好跟小學生放學時間重疊，把哥哥的車停好後，發現幾個小學生有點猶豫不決地朝我們走過來，他們可能覺得我們應該是良一的親戚。

「喂，你們是良一的同班同學吧?!」加奈子馬上大聲地喊他們。

其中一個小學生大聲說是，然後問我們：

「良一還好嗎？烏龜狀況呢？良一很愛他的烏龜喔！」

「良一、烏龜和魚全部都好好的！接下來我們要去學校問看看能不能寄放烏龜和魚。」我趕忙回答這些小學生。

「那我們就一起去吧，我們也一起去拜託老師。」

我們三個人和幾個小學生一拍即合，一起走路到附近的小學。教職員室的老師發現已經放學的學生又跑回學校，良一的級任老師和教務主任趕忙出來查看究竟，我們跟小學生道謝後走進校舍。

這時我突然間意識到加奈子似乎在依賴著我！在這之前處理許多事情幾乎都是她在當前導，但接下來要跟良一的級任老師討論事情時，我察覺到因為我的在場而讓她覺得比較放心，老實說滿開心自己終於有點用處了。

教務主任和級任老師跟我們說明良一的爸爸在這之前與學校互動的情況，以及他去世那天良一的情緒反應。雖然沒有特別明講，但可以感覺到學校老師們對良一非常照顧，或許是因為我哥哥一直出狀況的關係吧，身為當事人的妹妹覺得對老師很過意不去。

「良一非常聰明，學習能力也很好，雖然有時候會漫不經心，但整體來說是個誠實正直的好孩子。」級任老師才剛說完，教務主任就接著說：

「他爸爸曾打過很多次電話給我，討論有關孩子教養的事，他對於小孩沉迷手機遊戲不做功課滿傷腦筋。所以突然間發生這種不幸的事，我們也真的很吃驚……」

得到教務主任許可，同意收留烏龜和魚直到良一轉學那天，我們三個人就回到公寓。烏龜水族箱的水是茶褐色，很臭，養魚的缸呢？已經變成混濁的綠色。不管怎樣都必須先想辦法減少水族箱的水，把烏龜和魚放進比較小的容器才能運送。

過程中加奈子和我兩個人尖叫不停地把大烏龜和魚從水槽抓出來，分別放進公寓裡找到的塑膠製昆蟲飼育箱。

水族箱是細心的加奈子用剛買到的幫浦馬達抽出部分的水，然後再搬到車子上。

當我們把烏龜、魚和水族箱搬到學校時，天色已暗，氣溫低到讓人手指快凍僵的程度。除了教職員室點燈及某些地方亮著綠色緊急照明燈之外，其他地方一片黑，我們在黑漆漆的校舍入口鞋櫃處等待良一的級任老師。先把水族箱放在老師提供的小推車送到教室，在他幫忙之下很快就幫烏龜和魚佈置了一個臨時住所。

級任老師鬆了一口氣地說：「太好了，這樣應該就沒什麼問題。」

我和加奈子終於放下肩上的重擔，在這之前我們拚老命想要挽救良一最愛的寵物，基於不讓他再度經歷到別離的痛苦而花了一點心思。

回到車上我突然間覺得肚子好餓，這一整天實在是太多事情要做，幾乎也沒吃什麼東西。我們把車子開出小學，立刻就轉往附近的超市。

螢光燈與業障

在這個陌生城鎮的超市，有著當地人熙來攘往的熱鬧生活氣息。

我在出門旅行時最常在超市逛來逛去，這一天更是精神抖擻地在走道上四處梭巡。從熟食小菜的內容可以大略窺知當地的食材特產，發現特別的菜色讓我忍不住想要歡呼的同時，突然間想到哥哥該不會也常常來這裡吧？會這樣聯想其實也是理所當然，因為這裡離他住的公寓真的很近。

想到這裡我突然間神經質地看了看超市走道盡頭，再環顧四周。

走道上堆滿特價泡麵的對面，似乎隱約可以看到一個長得很像哥哥的男人，我開始心神不寧有點害怕。在貨架上發現三盒包裝的速食炒麵，跟哥哥遺忘在汽車後座的速食麵一模一樣！他果真是在這裡採購日常用品。

我盯著這些泡麵，輕輕觸摸它的袋子。

比較遠的貨架上排滿幾百罐的廉價罐裝調酒飲料，在慘白日光燈的照射之下，我站在貨架旁走道想像哥哥站在公寓那個油膩膩的廚房，單手拿著罐裝酒一邊喝一邊做菜的情景。

突然間想起哥哥幾年前曾經傳來的手機訊息。

「我每天都自己做飯，我們一起洗澡、睡覺，幫兒子準備上課要用的東西，送他去學校然後再去上班……如果可以滴酒不沾的話，我應該可以算是模範父親，但終究還是忍不住喝了！」

我覺得即使生了大病也戒不了酒的哥哥真是可悲，是因為酒是他唯一的救贖，喝了可以忘記所有煩心的事情？即使喝酒逐漸損害他的身體也在所不惜嗎？

爸爸三十年前去世，媽媽五年前走了，現在連哥哥都死了，就剩下我一個，難不成我也要掉進這個業障輪迴裡面？

感覺到日光燈發亮的通道盡頭似乎連結另外一個幽冥的世界，我急急忙忙拿起小菜和杯麵，趕緊走到已經在收銀台等結帳的加奈子和滿里奈後面排隊。

DAY THREE

宮城縣仙台市

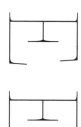

遺物整理

在多賀城的最後一天，我們大清早就到了哥哥的公寓，因為已經約了特殊清掃及遺物整理業者的佐藤，他要來看哥哥房子狀況再討論遺物如何整理。我們的要求很簡單，把屋內所有東西清空即可。

這件事加奈子也舉雙手贊成，她已經把良一的東西打包完成，寵物也順利搬到小學寄放，已經沒有什麼要特別要處理。不管怎麼說我都覺得只要把公寓整理乾淨，在某種層面上就是等於把哥哥在世所有的一切全部歸零。

來到第三天，很不可思議地我竟然已經習慣哥哥公寓骯髒的環境，原來讓人那麼害怕的房子開始變得平淡無奇。

雖然難聞的臭味已經比之前好很多，但廚房還是一樣的髒亂。之前只先處理了汁水淋漓的生鮮廚餘垃圾，冰箱裡黑麻麻的鍋子裡還放著味噌湯、咖哩和幾樣放在保鮮盒裡的自製泡菜。

搞什麼啊！原來還是個細心的男人，五十四歲了還會自己做泡菜？嘖嘖，該不會連米糠醃漬的糠床都有吧！我急忙看了水槽下面，幸好沒有看到，如果連米糠醃漬都自己動手做的話，那未免太過悲慘了。

我戰戰兢兢地打開冷凍庫，發現裡面排滿醬醃的肉類和冷凍水餃，蔬果櫃裡放著半腐爛的洋蔥和南瓜。

看到咖哩我就有不太好的預感（我對這類的壞預感通常還滿準的），果然電鍋裡滿滿都是已經變黃的白米飯，大概有八碗飯的量吧！男生的米飯消費量真是很驚人！我不自覺地嘆了口氣，覺得自己應該做點什麼來補償……

來估價的佐藤是戴著圓框眼鏡，穿著連身工作服的年輕人，頭上戴著帽子，腳步輕盈，看起來很友善。沒有把臭味當一回事，很有禮貌但很快速地環顧房間並認真地做筆記。

「東西還滿多的，大概要二十萬日圓左右吧。」他的口氣有點不好意思，一邊仍繼續計算大型家電的數量。

陽台上還有個鋁製的大箱子，裡面放滿哥哥的工作道具及各種行頭。「不好意思，那一箱也不要忘記處理喔。」一聽到我這樣說，他立刻走到外面去，把沉重的蓋子打開後嚇了一跳：

「哎呀！這些是工業廢棄物……處理費比較貴，搞不好要到二十五萬日圓喔……」再次充滿抱歉的口氣。我跟他說沒關係，接下來一切就麻煩他了。

老實說我想要盡快擺脫這一切，也有那麼一點想要證明自己可以處理這些雜事的成就感。如果可以用二十五萬把所有事情搞定，把房子內的東西全部清運完畢的話，那真是再好也不過了。現在回想起來這種心態真是非常要不得，但我當時就是這麼想的。

報價完成之後，佐藤看到加奈子還在努力地整理東西，他急忙說：「沒關係，東西放著就好，這些事我們到時會做。」

就在佐藤準備要離開時，我問他：

「不好意思，有件事想請教一下……」

「什麼事呢？」

「是這樣的……是有關車子報廢的事情，你知道要怎麼做嗎？」

「車子報廢……這我得回公司問一下……」佐藤眼鏡後面的眼睛睜得圓圓地回我，然後就跳上車離開了。

結果公寓的遺物整理一直到十一月的最後一天，也就是房屋租約結束那一天才全部完成。

互相幫忙的人生

加奈子精神抖擻地開著車子在多賀城內到處打轉，目的是想盡快把哥哥的車子處理掉。車子若不想辦法報廢也帶不走，公寓租約十一月底結束，老實說若是車子無法脫手，我也不知道該怎麼辦才好。

突然間加奈子大叫出聲：「咦，這裡是?!」

那是一家大型汽車經銷商，附設規模龐大的維修中心，建築物本身非常氣派。在這種時候我是完全派不上用場的那種人，當我還在那裡躊躇嘀咕著「欸，這裡……」不知道怎麼回答的時候，加奈子已經把方向盤往左切，然後把哥哥的車停在店門口。

她氣勢十足地下了車，大搖大擺地走進展示間的接待櫃台，我只敢低著頭跟在她後面。

「不好意思……」加奈子用不可能再更認真的表情，對著很快從裡面走出來的男士講話。加奈子是個大美女，據說認真的表情會讓女人更加美麗。

「我想報廢車子……」辦公室裡面的男士們紛紛抬起頭來看她。

「要報廢車子啊……那車子在那裡？」

「我已經開過來了，就停在外面。」加奈子馬上指指停車場的方向。

「是，那我知道了……」

咦，他剛剛說的是「我知道了」？我呆呆地看著加奈子的臉，加奈子也是眼睛眨也不眨地看著我。

「感覺這裡好像可以幫忙報廢車子！」

「嗯，好像是可以……」

我不自覺地發出「萬歲！」的歡呼聲，弄得店裡的人好奇地一直朝著我們這邊看。後來才知道車子報廢其實沒那麼簡單，不過店裡的人知道我們的情況後，先讓我們把車寄放在他們公司。

填寫表格支付必要費用之後，我興奮地邊說著「可以把這台車報廢真是太讚了」，邊跟加奈子一起走出店門口，只看到等在外面的滿里奈正和一名老先生有說有笑地聊著天。

「剛從你女兒那裡得知你們碰到的事。」歐吉桑開口了，然後接著說：

「父親不幸過世真是可憐，聽說很辛苦地忙了好幾天？車子要報廢？那等一下你們怎麼去多賀城車站？還滿遠的喔！是要搭計程車去嗎？不叫計程車也沒關係，我可以送你們過去！」

我悄悄地跟加奈子說：「這個老頭子看起來怪怪的！」她只回答：「是嗎？」

「你不覺得嗎？突然間跑來還說要送我們到車站，即使我們現在真的很可憐又很不幸，也不能隨便搭一個不認識的人的車子吧！」

「的確是有點危險……」加奈子回我。

我們對老人禮貌性地笑一笑，然後拉著滿里奈就要離開時，突然間聽到店裡那個男人說：

「不好意思，請問車子鑰匙在那裡？」

我們因為太開心車子竟然可以在這裡報廢，而忘記把鑰匙交給店家。

加奈子趕緊回到店內，幾分鐘後出來然後小聲地告訴我：

「這個老頭子是這家店的大老闆！」

「大老闆?!」

「對，就是現在這個年輕小老闆的爸爸。剛剛老闆在店裡提醒我：『跟你們講話那個人是我老爸，如果不事先跟他講好搭火車的時間，他就會一直聊天聊個沒完。』」加奈子忍不住笑意地跟我說。我也「噗！」的一聲忍不住笑了出來。

結果，我們最後還是搭了這位大老闆的車子到火車站，而且坐的是計程車規格的車子（後座車門會自動打開的那種）。哥哥的車最後也順利由這家公司辦妥報廢手續。大老闆跟我們說：

「做人就是要互相幫忙，我們在日本311大地震之後就是得到許多人的幫助才能重新站起來。」他放我們在車站前面下車，笑著跟我們說：

「接下來可以去嚐嚐這裡有名的炸豬排跟蕎麥麵喔。」

然後又對加奈子說：「哎呀，話說回來你還真是個漂亮的美女媽媽！」

後來我上網查了一下資料，發現這家汽車維修販賣公司的網站做得非常用心，網頁資料更新速度很快，看得出來是滿有潛力的公司。

比出V字勝利手勢的小老闆照片，和送我們去車站的大老闆長得很像，網頁也娓娓敘述該公司在二〇一一年一月才剛整新完成的店面，在同年三月十一日東日本大地震的海嘯當中被沖毀，二・五公尺高的大海嘯捲走一樓所有的東西及牆壁，包括維修工廠及內部的設備，只剩一些斷垣殘壁。

我和加奈子約好三個星期後的十一月二十九日在多賀城碰面，一起去接良一，然後就在仙台車站道別了。

我傳了手機簡訊給加奈子：「下次若有機會，我想去拜訪那位老闆跟他說聲謝謝！」加奈子也同意了。這樣一來，在滿是辛酸回憶的多賀城至少多了一件可以讓人期待的事情。

DAY FOUR

三周之後，
宮城縣多賀城

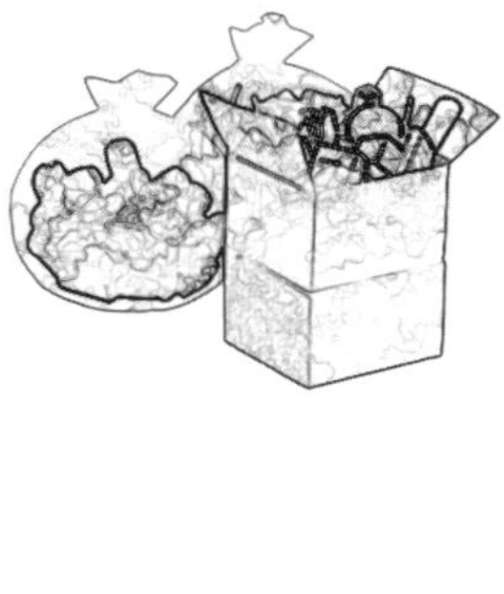

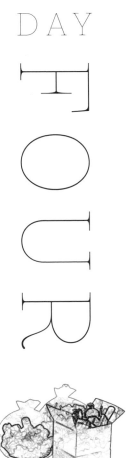

清空的房間

我跟加奈子約好十一點半在多賀城車站碰面，她比我早一步到達而且已經租好車子。我幫從藍色車子瀟灑現身的加奈子拍了照片，她嚇了一跳地說：「理子，你還真的很愛拍耶！」

「真是不好意思，我就是傳說中熱愛拍照的歐巴桑啦。」趕忙跟她道歉。沒辦法，我就是改不了這個壞習慣，做什麼事都要拍幾張留做紀念。

之前已經待過多賀城三天的我們，對這裡摸得算是滿熟的，這次再來，馬上就切換進入工作模式，套句之前加奈子說過的「時間寶貴，一分鐘都不想浪費」！

雖然是午餐時間，但我和加奈子也沒什麼食欲，我們立刻趕往市公所辦理良一的戶籍轉出手續。

這三個星期以來，加奈子為了把良一接回去住，辦了各種手續也接受相關的面談，逐步進行該做的準備，終於等到這個水到渠成，可以把良一帶離兒童保護中心自由活動的時刻。同時這天也是良一告別多賀城小學的日子。

和三星期前截然不同的是心情，我們輕鬆自在地來到市公所。等加奈子辦完手續的那段時間，我在玄關大廳電視旁邊的自動販賣機買了熱咖啡，坐在電視前面的長椅上整理文件。

想到這應該是最後一次來這裡，心裡覺得有點遺憾。我翻閱著多賀城觀光旅遊小冊，才發現市公所附近就有個多賀城遺跡的景點。我帶著小冊子走近坐在窗口附近不知道在等什麼的加奈子，跟她說：

「冊子上說這裡有加賀城遺跡，看起來以前曾經有過城堡。」

「啊，真的有城堡遺跡！你哥哥就是喜歡城堡，或許是因為這個原因才搬到這裡來的。」加奈子回答我。

幾乎已經辦完所有的事情，心情很輕鬆的我跟加奈子說：「如果還有一點時間的話，要不要去城堡遺跡看看呢？」

但加奈子看起來有點遲疑：「嗯，如果還有時間的話再去看看……」

以加奈子目前的狀況，她應該是沒有什麼心情去逛城堡的，因為根本還沒有接到她的孩子良一啊！我不禁對自己的搞不清楚狀況覺得很丟臉。

市公所的手續辦完後，我們趕往哥哥的公寓，因為已經跟遺物整理公司的佐藤約好在那裡碰面，要先驗收公寓清理狀況，然後取回大門鑰匙。

佐藤的車早已等在那裡，我們的車子一停好，他馬上就下車了，穿的是黑色的連身工作服。打完招呼我們開始確認清掃的結果，佐藤似乎有點刻意地想讓我們不要太過震驚，用平靜的聲音說：

「我是應你們的要求才做了這些……」

房子裡面的家具已經整個被清空，臭味也完全消失了。

我忍不住鬆了一口氣的讚美起來：「哇！變漂亮了，真是開心！」佐藤在一旁嘿嘿嘿地笑著，加奈子則忙著在屋內各處檢查。

「沒有處理的東西是冷氣機的遙控器、鑰匙、硬幣，還有……」佐藤站在一旁繼續說明。廚房裡本來堆得像小山一樣的盤子、鍋具、冰箱冷藏的生鮮和冷凍庫的冷庫食品全部都被扔掉了。

我問他：「東西滿多的吧！」

「對啊，尤其是堆在陽台那些工具還真不少。」佐藤笑著說。

「非常感謝你們辛勤地工作。」

「也沒有啦，這本來就是我們的工作。」佐藤說明結束後再對房間做最後的確認，對我說：「這次非常感謝你，遠道而來真是辛苦了！請保重。」然後離開，但不久就看到他轉頭回來尷尬地說：「真不好意思，我忘了把鑰匙交還給你。」我們忍不住相視大笑了起來。

接下來約好見面的是房東先生，終於來到交出哥哥房子的時刻。房東又戴著他的棒球帽出現了，先在房間內轉了一圈，看完後說：

「啊，這樣還是有點髒髒的……」他有點吃驚的樣子。

即使現在被告知髒髒的我也沒辦法，只能一直低聲下氣跟他說抱歉，房東嘆聲連連，然後無可奈何地說：「真是一點辦法也沒有，人都已經死了，也不能說他的壞話。現有的押金不夠支付房子的清潔費，那些不夠的部分就當做是我包給他的奠儀吧。」從我手上接過鑰匙之後就嘆口氣離開了。

老實說我也不覺得押金十萬日圓可以讓那個廚房恢復原狀，雖然心裡覺得哥哥很對不起人家，但同時我也跟加奈子說應該趁房東改變心意之前趕快離開。接下來要趕往良一就讀的小學，這也是當天最重要的事情。

良一的餞別歡送會

加奈子為了這一天，已經預先做了準備，也就是要如何把烏龜和魚從大老遠的東北搬回家裡的作戰計畫。她去了寵物店詢問如何搬運動物，也買好必要的工具和藥物，打算萬無一失地達標。我們把這些必要東西塞在袋子裡，以備戰態勢進入良一的小學。

跟校門口傳達室的人打過招呼，我們直奔良一上課教室旁邊的那間教室。

一進去就可以看到後面架上兩個巨型水族箱並排。大烏龜看起來精神很不錯，至於不太好惹的魚（圖麗魚／

Astronotus／肉食性）則很有活力地在水裡游來游去。

我們計畫把這兩隻換到比較小的塑膠水槽，再運到加奈子家。大水族箱則當天送到二手商店處理掉，加奈子早就查好當地二手店家的資料。舊的烏龜水族箱下面有一張貼紙，上面寫著：「我的名字叫龜吉，請多多指教。」

我和哥哥第一次合養的寵物名字就叫做「龜吉」，我猜他應該記得這件事。那隻龜吉在一個下雨天的早晨突然間不見了。後來才知道是媽媽把牠拿到河邊扔掉了，這件事讓哥哥和我大受打擊，之後我開始害怕烏龜這種動物，甚至連碰都不敢碰。良一的龜吉是在那件事之後幾十年我第一次觸摸的烏龜。

還記得當時哥哥仔細教我如何飼養烏龜，及兄妹兩人一起玩烏龜的情景，那時候的哥哥對待我跟其他的人都很溫柔。

我和加奈子在一團混亂當中制伏了烏龜和魚，把它們移進小水箱，然後用準備好的各種工具把箱子打包完成。

隔壁教室正在舉行餞別會，級任老師邀請我們到教室後面觀看班上的活動。這不是教學觀摩，我一開始對於是否進到教室其實是有點猶豫，不過把這些處於亢奮狀態的學生和家裡兩個小孩調皮搗蛋的印象疊合起來，心裡不禁覺得小學生真是天真無邪啊！這倒令人有點懷舊傷感起來了。

餞別活動循著唱離別歌、玩遊戲的順序來到了最後的離別感言。擔任司儀的男孩以哽咽的聲音說出最後的道別。看到這個情景，級任老師急忙轉過身收拾桌上的東西，然後把教室的窗簾拉起來，應該是不想讓人看到他在掉眼淚吧，看到他這樣子我也忍不住想哭。

有幾個小孩滿臉通紅地低著頭，有個女孩一直哽咽抽泣，倒是良一卻是神情鎮定地坐在位子上，一直到最後被老師叫起來站到教室最前面，面對所有班上的同學，他很酷地只說了一句話：「謝謝大家的照顧。」有一個調皮的小男生很大聲地說：「欸！只有這句話而已喔？」頓時班上所有人都笑了起來。

級任老師笑著說：「嗯！這個就是良一的優點。」

最後到了拍紀念照的時間，我和加奈子變成攝影師，把這些又哭又笑的小孩舉起V字手勢的可愛表情化為永恆。

有個身材高大的男孩用連帽上衣的帽子摀住哭泣的臉，跟良一說：「之前跟你打架，真是對不起。」一個看起來調皮的小個子男孩說：「喂！好好保重。」高個子的女生則說：「連同爸爸的份一起好好加油喔！」剛才哭得很慘的女生則不發一語地站在良一旁邊，我問她是不是想拍照，她點點頭，於是我幫她跟良一拍了合照。

加奈子的眼淚

送別會結束後我和加奈子一起把清空的水族箱搬到車上，先把良一交給級任老師照顧就急奔二手回收店，現在要處理水族箱了。

面對二個非得要把水族箱送走不可的女人，二手店的老闆一臉不想要卻又推拖不掉的表情說：「這個就只能付你三百圓喔。」我們一聽到這句話頓時狂喜，大聲跟他說謝謝，啊啊，終於把水族箱也處理掉了。

「我是抱著必死的決心一定要把水族箱賣給他……」

「啊，實在是太忙了。」

「真不知道你在講什麼……」

「接下來只差一點點就要達標了！」

我們的大腦應該是釋放大量的腎上腺素吧。在多賀城街上四處遊走，逐一把事情解決掉，帶著滿滿的成就感回到良一的小學，接下來是由兒保中心的河村帶我們去見寄養父母，這三個禮拜良一都是住在他們家。這是當天最後也是最重要的事情。

與寄養父母的會面似乎是加奈子提出來的要求，她跟河村說，如果不去跟這對提供溫暖家庭環境，讓良一有充分時間跟同學道別的寄養父母說謝謝的話，那就太過意不去了。

寄養父母很仔細地描述這段時間跟良一相處的細節，

讓我們似乎看到良一的另外一面。在會面的最後，學校的級任老師也趕到現場，給良一送來手作相片簿及裝滿信紙的小盒子當做禮物，他有點害羞地逐一收下，很珍惜地一個個細看。

這時天色已經全黑，下午六點過後氣溫驟降，大家也都累了。重要的事情幾乎都已經辦完的加奈子神情並沒有放鬆，看起來很緊繃的樣子，我覺得她在肉體和精神上可能都已經撐到極限，心裡有點擔心。

這時兒保中心的河村宣佈：「那我們今天就到此結束，接下來一切就交給良一的媽媽了！」

那天所有工作全部告一個段落，讓加奈子情不自禁喊出：「啊！終於結束了。」有點顫抖的聲音。這是我第一次看到她顯露出情緒，她把手放在我肩膀上說：「一切都結束了，我覺得好想哭喔，怎麼辦？」她用手擦擦眼角。

房間裡面的每一個人都開心地看著加奈子，我跟她說：「真是太好了！恭喜你。」

在級任老師的引導之下，我們三個人從教室裡走出來，一出教室，走廊的燈瞬間被點亮。在燈火通明的走廊盡頭，教職員室裡面的所有人肩並肩地站在那裡等著歡送良一。良一在老師們的拍手聲當中順著廊道走到玄關的鞋櫃區，把室內拖鞋換成外出鞋，然後走出校舍。

淚流滿面的老師們並排站在鞋櫃區，用力地跟良一揮手，兒保中心的人也是。背對老師跟在我們後面走向停車場的良一，突然間回頭展開笑顏跟老師們揮動手臂，老師們歡聲雷動，看到這個情景的級任老師頭低低的，可能是忍不住情緒吧，他很快地轉頭回到教職員室。

我們在停車場跟寄養父母道別，良一和他們依依不捨地談話說笑，相約以後寫信聯絡。

回到飯店把行李丟進房間，走路到附近的居酒屋大啖多賀城當地的料理菜餚，慶祝這場折磨人的漫漫長旅終於來到終點。良一始終都是笑咪咪的，很快樂地跟大家談天說地，橫亙在他跟媽媽加奈子之間，七年漫長時光的隔閡，在轉瞬間煙消雲散，看起來就像普通的親子家庭。

DAY FIVE

東京

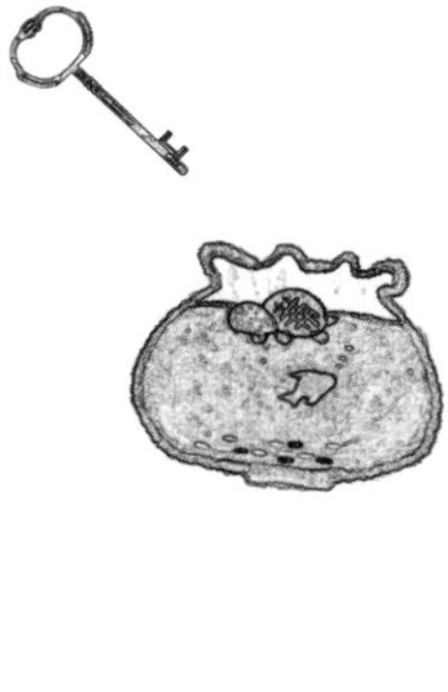

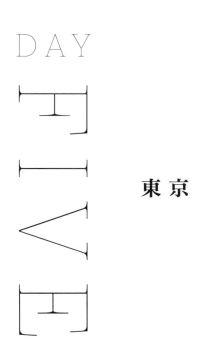

道別

當我在下榻的多賀城商務飯店的房間看電視時，有人輕輕敲了門。咦，明明離退房時間還有一個小時。心想可能是加奈子吧。從門上的窺視孔往外看，竟然是臉上笑咪咪的良一。問他怎麼回事？他只是嘿嘿地笑著跟我說早安。

「你是太閒喔，早餐吃過了沒？」

「吃過了。」

「好，那我先整理一下，待會兒在大廳見。」

等我弄好趕到大廳時，只看到良一站在電腦前面移動著滑鼠。他邊盯著電腦一邊跟我說：

「等一下我想去一個地方。」

「去那裡？」

一邊說抱歉一邊敲著鍵盤的良一給我看了多賀城有名的甜點店「ファソン・ドゥ・ドイ」（Façon de Doi）的網頁，問我有沒有聽過這家店？

「這家很有名，雖然我沒有去過，但聽說是經常大排長龍的名店。」

「好像是真的！姑姑有個朋友是多賀城出身，聽說這家店的咖啡蛋糕捲很好吃，我正在想說買點什麼伴手禮帶回去，那我們等一下就繞過去看看好了。」

「好耶，太棒了。」

離租車歸還時間還有兩個小時，我跟提著行李走進大廳的加奈子提議：「有個地方我想順道去繞一下，可以嗎？」

辦理退房手續後我們手腳輕快地上了車，良一看起來既興奮又聒噪，話講個不停。

甜點店位於安靜住宅區的二層樓建築，離我們的飯店只有幾分鐘車程，店門口的綠色遮陽罩看起來很醒目。

甜點櫃裡排滿琳琅滿目的蛋糕烘焙點心，連剛開始有點興趣缺缺的加奈子都忍不住笑呵呵地說：「真好！可以請他們宅配送貨。」然後開始專心地選購起甜點。

那天晚上我在東京的下北澤B&B書店正好有場座談會，選了一些咖啡蛋糕捲和蜂蜜蛋糕請店家幫忙分裝成小盒，打算到時跟與會來賓分享，另外也宅配一些甜點回家給小孩吃。

一切都弄妥正要準備離開時，一個男店員送給良一幾片蜂蜜蛋糕當做禮物，他很開心地說真是賺到了。手捧蛋糕坐到駕駛副座，把東西提得高高地轉頭跟我說：

「最愛拍，什麼都要拍的姑姑，要不要幫我拍一張啊？」我忍不住哈哈大笑地幫他拍下喜滋滋的甜蜜笑容。

我大聲地說那接下來我們要跟多賀城說再見囉。一時之間大家也都沒有回應，但感覺到加奈子突然間把車速加快，開往一條我們之前都沒有走過的道路。

一開始我還在想她是不是要帶我們去看多賀城遺址？但很快地我就知道她要去那裡了，她要去哥哥的公寓。加奈子和良一都很安靜。

把車子停在公寓前的停車場，加奈子開口了：

「不知道公寓的門是不是上鎖了？」

「應該沒有才對，昨天房東還特別提醒說會有業者來清理房子，叫我們不要鎖門。」

「不知道能不能進去？」

「應該可以吧！因為房子的合約是到今天。」

這次我沒有太多猶豫就把門打開了，只看見明麗的陽光從客廳的紗窗射進來。

「良一你看，房子變漂亮了吧！」

「嗯，什麼都清光光了！這面牆壁本來有星際寶貝的貼紙，你看，這裡有貼紙的痕跡。」

「真的耶！我們已經盡量幫你保留東西，但實在無法全部搬走，真是對不起。」

我們三個人在這個良一和哥哥住過七年的公寓，一間間地仔細檢視做最後的告別。良一在玄關出口雙手合掌，當我們兩個走出大門後，只見加奈子還留在起居室內，一個人安靜地站著，我知道她正在跟哥哥道別，在那當下我無法出聲去打擾她，只叫良一先跟我回車上等。

過了一會兒等加奈子出來，我請她先跟良一留在車裡，自己又走到玄關口往屋內做最後回顧，然後大聲地說：

「那我們走吧！」

我悄悄關上門，把信箱投入口哥哥寫的「廣告宣傳單請勿投入」那張紙連同膠帶一起撕下來，跟哥哥說：「已經都全部處理妥當了，請安心吧。」然後回到車上。

加奈子看了一下時間然後發動車子，我知道她接下來要去那裡，良一的學校，加奈子只簡短地說「要好好跟它說再見」就出發了。

周末的小學沒什麼車，也沒有看到什麼人，我們三個人把車停好後在校園繞了一下，從校門口往學校裡面看，我忍不住讚嘆。

「這個學校真是不錯啊！」加奈子也有同感。

「學校老師人都不錯，以後應該也沒有機會再來，想想還真覺得有點可惜啊！」

良一沒有吭聲。

從學校後面的小山丘可以眺望多賀城的街景，我們在那裡看風景拍照留念，再上車往火車站方向移動。

父與子所度過的聖誕節

「為什麼就這樣死掉了呢？」

良一突然出聲問我，一時之間我語塞了。

加奈子去還車，我和良一坐在多賀城圖書館內設的星巴克咖啡等她，我們各點了咖啡和焦糖瑪奇朵，面對面坐著。

「是因為忘了吃藥嗎？」

「……不是啦，只是忘了吃藥應該是不會死的。」我有點牽強地回答他的問題。

「如果是這樣，那為什麼會死？」聰明伶俐的良一用幾近是質問的口氣很認真地問我。

「嗯……最直接的原因是大腦裡面的血管破掉了……」

跟他說明的時候，突然間想到這或許不是良一想聽的答案。他應該在想當初如果想辦法做了什麼事就可以救回父親才對。我腦子飛快地運轉想要找出比較好的說詞，似乎是等得不耐煩的良一馬上又補了一句：

「腦血管造成的？那然後呢？」

「看起來是腦血管破了，裡面的血液跑出來，這是主要的原因。不過，不管是多麼小心，多麼規律地按時服藥，有時候人類還是沒辦法阻止死神的來臨……」

一種莫名的情緒讓我有些慌張地跟他多做了些解釋，我試著想要跟良一說的是，爸爸的死不是你的錯，而是命運的捉弄。

看起來這個嘗試似乎沒有成功，他盯著我露出一種摸不著頭緒的表情，然後說了一聲「我知道了」，很快把話題岔開。我也很快地重新整理情緒，問他：

「來過這間圖書館嗎？」

「沒有，第一次。」

「那星巴克呢？」

「也是第一次。」

「這個圖書館複合商業大樓氣氛很好，哪天還想再來逛逛。樓上的餐廳看起來好酷喔！」

「嗯……」

「良一喜歡閱讀嗎？」

「嗯，很喜歡。」

「你的級任老師送你一本小說當做離別的禮物對吧，真是很不容易耶，因為老師覺得你是可以讀懂小說的小孩，才會選來送你喔。姑姑也讀過這本小說，它很棒而且還得過書店推薦大賞，有時間的話可以讀讀看。」

「好，我會讀的。」

盯著手上的咖啡杯，不知道接下來要說些什麼，說實在的我是滿想詢問關於哥哥的事情。

他是怎樣的爸爸？人好嗎？或是很討人厭？有好好地做飯給你吃嗎？當你發現他倒在地上時，當時是什麼狀況？不過最後說出口的卻是：

「有吃過仙台牛舌嗎？」

良一笑著回我：「沒有。」

「那我們就在仙台車站買牛舌便當吧。搭新幹線時大家一起吃便當，我們有三個人，所以等一下會買三個人連在一起的指定座位喲！你姐姐滿里奈上次來的時候，也吃了車站買的牛舌便當，一直說好好吃喔……」

「啊，好期待，我也是第一次搭火車和新幹線耶！」

「咦！火車也是第一次？那今天真是你的大日子，東北新幹線速度超快，咻咻一下子就跑了好幾百公尺……」

良一呵呵地大笑起來：

「騙人！」

「不騙你啦，等一下你就知道它的厲害了。」

辦完租車歸還手續的加奈子來到星巴克，開心地跟大家說：「完璧歸還囉！」然後提起剛才先搬到店內放著的大提箱，問我們是不是可以走了？提箱最上面是裝有烏龜的保溫袋和裝魚的袋子，所以我們小心翼翼地保持水平慢慢走到多賀城車站買票，然後走到冷風颼颼的仙石線月台等車。

我看著跟哥哥長得一模一樣的良一側臉，心裡想著下次再見到良一不知道要再等到什麼時候了？幾個月？或許是幾年後，甚至是再也見不到也說不定！這時我終於問了一個跟哥哥有關的事情。

「聖誕節，你們都怎麼過的？」

「爸爸會買肯德基炸雞和一個小蛋糕給我。」

「啊，我看過照片。」加奈子突然插嘴。

「用炸雞和蛋糕過耶誕節聽起來很酷耶。」我邊說邊盯著月台的終點。

良一小聲地回答「嗯」，我彷彿看到哥哥小時候的樣子。

「那今年聖誕節會跟媽媽一起過喔！」

「嗯。」

「應該很期待吧？」

「嗯。」

「過了聖誕節，馬上就是新年了。」加奈子說。

「對啊，一年又過去了！」

第一次來多賀城那天的沉重心情，現在已經完全放開。

不知道為什麼從火車站月台看到的多賀城景色卻是出奇地美

麗而且讓人心曠神怡，有點捨不得離開，我想加奈子和良一應該也有同樣的心情吧。

很喜歡多賀城，謝謝你在這段時間的溫柔相待！

哥哥，這次真的要跟多賀城說再見了！

我們在多賀城搭上仙石線普通車到仙台，在那裡買好牛舌便當後轉搭東北新幹線，很快就到了東京車站。

接下來我要往下北澤移動，所以在新幹線售票口前，跟要搭東海道新幹線到關西的加奈子和良一道別。離開之前我說：「拍一張當做紀念吧！」他們兩個立刻肩並肩笑嘻嘻地做出V字手勢。

笑得非常開心的良一，面對鏡頭，手舉得很高很高！

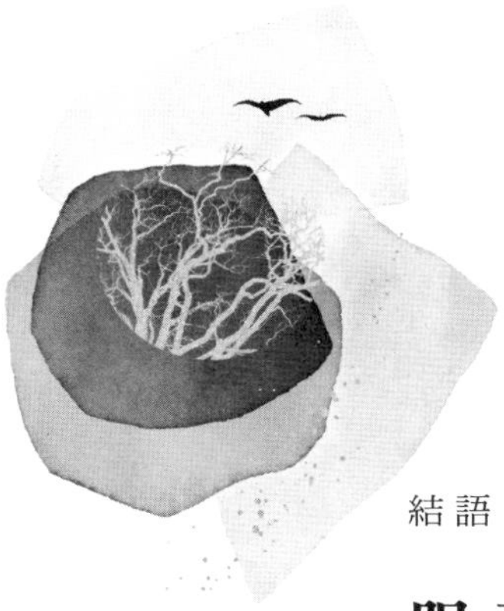

結語

跟哥哥有關的對話

與多賀城市公所生活支援課窗口負責人的對話。

「不好意思，我有一些問題想要請教您。」

「請問是關於那方面的事？」

「是這樣的，上個月往生的哥哥生前是住在多賀城，好像有領取低收入生活補助。」

「嗯……是的。」

「是這樣的，我打電話來是想了解一下我哥哥去世之前到底發生什麼事，是在什麼情況下取得補助？他當時過的是怎樣的生活？工作狀況之類的事。老實說因為我住的地方離他比較遠，這幾年我們也沒有見過面，完全不知道他到底在多賀城過著什麼樣的日子，靠什麼過活。我們本來就沒有什麼往來，對他所知不多，如果可以的話是否能在工作允許的範圍內，透露一些跟他有關的事情……」

「啊，您是不是前陣子有來過市公所？」

「是的，我有去過市公所的相關窗口洽詢，是當事人的妹妹。」

「關於您哥哥的事，一直是由我負責，我先做確認，麻煩您等一下。」

過了一分鐘左右。

「不好意思讓您久等了，請問您想知道什麼樣的事情？」

「請問我哥哥是何時開始領取低收入補助津貼的呢？」

「他是從今年九月開始領取的。」

「意思是說在去世之前的一個月？」

「是的，您說得沒錯。主要是他有一年多的時間沒有到醫院治病，後來才決定要領取低收入津貼。」

「有一年多沒有去醫院看病？」

「好像是……」

「我不知道哥哥竟然有一年多沒去醫院看病！您是負責我哥哥這個案例的窗口，我想您應該知道我哥這個人非常健談，講個不停，有時候讓人覺得很煩，您不覺得嗎？」

對方笑著說：

「也是，他常來找我諮詢，而且算是滿頻繁的。大概都是講一些撫養小孩的困擾、學雜費繳不出來之類，差不多都是這方面的事。對於生活相關的事有時會發一點小牢騷，但大部分都只是閒聊。個性滿開朗的人喔，講話很坦率。」

「原來如此，滿像是我哥哥的作風。」我哈哈大笑回答，接著又問他：「那您知道他的就業情況嗎？」

「您哥哥算是比較快能找到工作的那種人，而且在去世之前一個星期才剛被錄用為正式員工，他還特地跑來跟我報告這個好消息，所以突然間去世這件事我也非常驚訝！」

「真的！去世前一星期……」

「嗯，如果沒記錯的話應該是擔任保全的工作。」

「應該是，他住的公寓有找到幾套制服，原來是開始新工作之前突然去世！」

「整件事情的來龍去脈就是這樣，他一直很努力，只可惜……」

「真是不好意思打擾您工作，能夠知道一些哥哥去世之前發生的事，我覺得非常開心，也很謝謝您之前那麼照顧他。」

有關良一寄養家庭的一些事

「這陣子非常感謝您的幫忙。」

「良一是個好孩子，我們也樂在其中，雖然只有短短兩個星期，但也去了不少地方，吃了很多美食。」寄養媽媽說。

「謝謝，真的不知道要怎麼感謝您才好。」

「良一啊，若是把食物裝在大盤子裡他不敢動筷子，所以我都會把菜裝在比較小的餐盤，他最喜歡漢堡、炸豬排這類的食物，食欲很好，食量也不小，常常很開心地把食物一掃而光喔！」寄養媽媽繼續描述良一待在她們家的事。

「我記憶中的哥哥好像還滿喜歡做菜的，他公寓的廚房弄得有點髒亂，不過他們好像常常叫外送披薩，有可能是我哥哥沒有常常做飯給良一吃的關係吧。」

「您哥哥身體狀況好像不是很好，該不會是因為這樣所以也沒辦法吧。」寄養媽媽替我哥說話了。

「良一也很自動把學校功課做好，比起小時候的我踏實許多，而且他很聰明，個性又好，雖然有時候也滿頑皮的——」寄養爸爸笑著說。

「對了，有次他跟我們說想去以前住的公寓看一下，三個人就一起去了。因為只能透過窗戶往內看，其實也看不到什麼，良一指著貼在牆壁上的貼紙說：『那個是我貼的！』又過了一個星期，他又說要去看公寓，結果我們又去了一次。只是那次去的時候公寓好像已經整理過，他看起來有點落寞地說：『牆壁上的貼紙不見了！』」

「我覺得良一應該很喜歡他爸爸，從來沒有講過爸爸的壞話！一次也沒有。」寄養媽媽這樣形容良一對他爸爸的感情。

「有次我問他周末想去那裡玩？他的回答是想去之前跟爸爸約好要一起去搭的空中纜車，所以那次我就暫代父職帶他去搭纜車，也看到很美麗的夜景。」寄養爸爸提到良一對爸爸的想念。

「我覺得您哥哥應該很努力地教養這個小孩，雖然我們跟良一同住的時間並不長，但可以充分感受到他們父子之間的感情非常緊密。寄養的日子來到最後一天，問他晚上要不要三個人排成川字型一起睡呢？他馬上點頭說好，真是開心啊！那個晚上。」寄養媽媽很高興地說著最後那一晚的事。

小時候媽媽常常講放羊小孩的故事給哥哥聽，如果你說謊，那以後就沒有人要相信你，等到你真正需要幫助時就不會有人出手幫忙了。如果常常說謊，總有一天會遭到報應和懲罰，媽媽不知道有多少次這樣警告過哥哥！

這個五十四歲的歐吉桑在需要幫助的時候，他在這世界上唯一的妹妹並沒有去拉他一把，就這樣無人聞問地死掉了。

他拚命地喊著「狼來了！狼來了！」但最後並沒有傳到妹妹的耳朵裡。比誰都寂寞孤獨的大野狼歐吉桑，只留下大批的物品和一丁點的回憶，很快地走到人生的終點。

從多賀城回家之後，經過了幾個星期，關於哥哥的所有手續及必要支出全部處理完畢後，我回頭去看哥哥去世之前一個月左右寄來的最後一則手機訊息，內容伴隨許多表情符號，它是這樣寫的：

「這個月還是沒錢，已經窮到快要被鬼抓走！不過我已經找到新工作了，真不好意思常常打擾你。」

後記

自從和加奈子在東京車站道別之後，我三不五時會跟她聯絡，看起來她生活非常忙碌，但也感覺得到良一加入他們家生活之後帶來的喜悅。

良一已經完全適應新學校，日子過得很愉快。烏龜和魚也活得不錯，有寄來照片以茲證明。

至於我哥的骨灰，現在被放在我家最熱鬧的地方，每天念國中的兒子們、我先生、我以及家裡的狗都會來來回回地經過。

雖然家裡其他人沒有對這個骨灰罈特別在意，但我每次經過時，都會想起關於哥哥的種種瑣事，不知道為什麼，它給我一種安心感，感覺像是父母把照顧哥哥的責任全部託付給我。

不過，一直到現在我還不能完全諒解哥哥的所作所為，而且我相信有這樣想法的人應該不只我一個。他惹上各種麻煩讓很多人為他承擔後果，然後又突然間這樣撒手人寰！

雖然對哥哥的處世方式覺得很生氣，但如果這個世界上有一個人能夠理解並接受他這樣的人生，那麼哥哥這一生也可以算是幸福吧?!而我想，那個人就是我了。

我心裡由衷感謝跟我一起完成這趟旅程的加奈子，還有對我們伸出援手的加賀城朋友們，謝謝！

國家圖書館出版品預行編目 (CIP) 資料

最討厭的哥哥死了：被迫出來收屍的妹妹、前妻，還有女兒，又恨又哭加上一點笑聲的五日紀事 / 村井理子著；盧姿敏譯. -- 初版. -- 臺北市：遠流出版事業股份有限公司, 2022.05
面；　公分
譯自：兄の終い
ISBN 978-957-32-9504-4(平裝)

861.67　　111003957

最討厭的哥哥死了

作　　者｜村井理子
譯　　者｜盧姿敏
總 編 輯｜盧春旭
執行編輯｜黃婉華
行銷企劃｜鍾湘晴
美術設計｜王瓊瑤

發 行 人｜王榮文
出版發行｜遠流出版事業股份有限公司
地　　址｜台北市中山北路 1 段 11 號 13 樓
客服電話｜02-2571-0297
傳　　真｜02-2571-0197
郵　　撥｜0189456-1
著作權顧問｜蕭雄淋律師
ISBN｜978-957-32-9504-4

2022 年 5 月 1 日初版一刷
定　　價｜新台幣 340 元
（如有缺頁或破損，請寄回更換）

ANI NO SHIMAI
By Riko Murai

YLib 遠流博識網
http://www.ylib.com
Email: ylib@ylib.com